AF358604

ACADÉMIE FRANÇAISE.

DISCOURS

PRONONCÉS DANS LA SÉANCE PUBLIQUE

TENUE

PAR L'ACADÉMIE FRANÇAISE

POUR LA RÉCEPTION DE

M. E. RENAN

Le 3 avril 1879.

PARIS

TYPOGRAPHIE DE FIRMIN-DIDOT ET Cⁱᵉ

IMPRIMEURS DE L'INSTITUT DE FRANCE, RUE JACOB, 56

M DCCC LXXIX

ACADÉMIE FRANÇAISE.

M. Renan, ayant été élu par l'Académie française
à la place vacante par la mort de M. Claude Bernard,
y est venu prendre séance le 3 avril 1879, et a
prononcé le discours qui suit :

Messieurs,

Ce grand cardinal de Richelieu, comme tous les hommes qui ont laissé dans l'histoire la marque de leur passage,
se trouve avoir fondé bien des choses auxquelles il ne pensait guère, certaines même qu'il ne voulait qu'à demi. Je
ne sais, par exemple, s'il se souciait beaucoup de ce que
nous appelons aujourd'hui tolérance réciproque et liberté
de penser. La déférence pour les idées contraires aux sien-
nes n'était pas sa vertu dominante, et, quant à la liberté,

on ne voit pas qu'elle eût sa place indiquée dans le
plan de l'édifice qu'il bâtissait. Et pourtant, voici qu'à
deux cent cinquante ans de distance, l'âpre fondateur de
l'unité française se trouve, dans un sens très réel, avoir
été le fauteur de principes qu'il eût peut-être vivement
combattus, s'il les eût vus éclore de son vivant. Cette
compagnie, qui est après tout la plus durable de ses
créations (depuis deux siècles et demi, elle vit sans
avoir modifié un seul article de son règlement!), qu'est-
elle, Messieurs, si ce n'est une grande leçon de liberté,
puisque ici toutes les opinions politiques, philosophiques,
religieuses, littéraires, toutes les façons de comprendre la
vie, tous les genres de talent, tous les mérites, s'assoient
côte à côte avec un droit égal ? La règle de la maison de
Mécène, vous l'observez :

> . . . . *Nil mi officit unquam*
> *Ditior hic aut est quia doctior ; est locus uni-*
> *Cuique suus.* . . . .

Réunir les hommes, c'est être bien près de les réconci-
lier, c'est au moins rendre à l'esprit humain le plus signalé
des services, puisque l'œuvre pacifique de la civilisation
résulte d'éléments contradictoires, maintenus face à face,
obligés de se tolérer, amenés à se comprendre et presque
à s'aimer.

Que vit, en effet, Messieurs, avec une admirable sagacité, votre grand fondateur? Une chose qu'on a exprimée
depuis avec beaucoup de prétention, mais qu'il fit mieux
que de proclamer en paroles, qu'il appliqua; je veux dire
ce principe qu'à un certain degré d'élévation, toutes les

grandes fonctions de la vie raisonnable sont sœurs ; que,
dans une société bien organisée, tous ceux qui se consa-
crent aux belles et bonnes choses sont collaborateurs ;
que tout devient littérature quand on le fait avec talent ;
en d'autres termes, que les lettres sont en quelque sorte
l'Olympe où s'éteignent toutes les luttes, toutes les inégalités, où s'opèrent toutes les réconciliations. Séparées
en leurs applications spéciales, souvent opposées, enne-
mies même, les maîtrises diverses du monde des esprits se
rencontrent sur les sommets où elles aspirent. La paix
n'habite que les hauteurs. C'est en montant, montant
toujours, que la lutte devient harmonie, et que l'apparente incohérence des efforts de l'homme aboutit à cette
grande lumière, la gloire, qui est encore, quoi que l'on
dise, ce qui a le plus de chance de n'être pas tout à fait
une vanité.

C'est là l'idée mère de votre Compagnie, Messieurs.
Elle repose avant tout sur ce que je serais tenté d'appeler
le grand dogme français, l'unité de la gloire, la commu-
nauté de l'esprit humain, l'assimilation de tous les ordres
de services sociaux en une légion unique, créée, maintenue, sanctionnée, couronnée par la patrie. Le génie de la
France avait déjà donné la mesure de sa largeur en créant
Paris, ce centre incomparable, où se rencontrent et se
croisent toutes les excitations, tous les éveils, le monde,
la science, l'art, la littérature, la politique, les hautes pensées et les instincts populaires, l'héroïsme du bien, par
moments la fièvre du mal. Le cardinal de Richelieu, en
fondant votre Compagnie « sur des fondements assez forts
(ce sont ses propres paroles) pour durer autant que la

monarchie », la Convention nationale. en décrétant l'Institut, le premier Consul, en établissant la Légion d'honneur, furent conduits par la même pensée : c'est que l'État, fondé sur la raison, croit au bien et au vrai et en voit la suprême unité. Toutes les noblesses leur apparurent comme égales. La gloire est quelque chose d'homogène et d'identique. Tout ce qui vibre la produit. Il n'y a pas plusieurs espèces de gloire, pas plus qu'il n'y a plusieurs espèces de lumière. A un degré inférieur, il y a les mérites divers: mais la gloire de Descartes, celle de Pascal, celle de Molière, sont composées des mêmes rayons.

La plupart des pays civilisés, depuis le XVIe siècle, ont eu des académies, et la science a tiré le plus grand profit de ces associations, où, de la discussion et de la confrontation des idées, naît parfois la vérité. Votre principe va plus loin et plonge plus profondément dans l'intime de l'esprit humain. Vous trouvez que le poète, l'orateur, le philosophe, le savant, le politique, l'homme qui représente éminemment la civilité d'une nation, celui qui porte dignement un de ces noms qui sont synonymes d'honneur et de patrie, que tous ces hommes-là, dis-je, sont confrères, qu'ils travaillent à une œuvre commune, à constituer une société grande et libérale. Rien ne vous est indifférent : le charme mondain, le goût, le tact, sont pour vous de la bonne littérature. Ceux qui parlent bien, ceux qui pensent bien, ceux qui sentent bien, le savant qui a fait de profondes découvertes, l'homme éloquent qui a dirigé sa patrie dans la glorieuse voie du gouvernement libre, le méditatif solitaire qui a consacré sa vie à la vérité, tout ce qui a de l'éclat.

tout ce qui produit de la lumière et de la chaleur, tout ce dont l'opinion éclairée s'occupe et s'entretient, tout cela vous appartient ; car vous repoussez également et l'étroite conception de la vie qui renferme chaque homme dans sa spécialité comme dans une espèce de besogne obscure dont il ne doit pas sortir, et la fade rhétorique où l'art de bien dire est confiné dans les écoles, séparé du monde et de la vie.

Cet esprit de votre fondation, vous le conservez admirablement, Messieurs ; et m'en faut-il d'autre preuve que ce que je vois en venant occuper aujourd'hui le siège où votre indulgence a bien voulu m'appeler ? Pour ne rien dire de pertes récentes et si cruelles que seule votre Compagnie pouvait les endurer sans être amoindrie, quelle variété je trouve en cette enceinte, quels hommes, quels caractères, quels cœurs ! Vous, cher et illustre maître, dont le génie, comme le timbre des cymbales de Bivar, a sonné chaque heure de notre siècle, donné un corps à chacun de nos rêves, des ailes à chacune de nos pensées. Vous, bien-aimé confrère, qui trouvez dans une noble philosophie la conciliation du devoir et de la liberté. Ici je vois la poésie souveraine, qui nous impose le monde qu'elle crée, nous entraîne, nous dompte sous le coup impérieux de son archet magique ; là (ces contrastes sont votre gloire) le sens droit et ferme de la vie, l'art charmant du romancier, l'esprit du moraliste, et, ce que notre pays seul connaît encore, le rire aimable, l'ironie légère. Ici la foi sincère, l'art excellent de tirer d'un culte bien entendu pour le passé la dignité de toute une vie, le repos dans des doctrines qu'il n'est pas permis de qualifier d'étroites, puisque de grands génies s'y sont trouvés à l'aise ; là une négation réfléchie, calme, sûre d'elle-même, et donnant à l'âme forte qui s'y complaît le même repos, au caractère d'acier qui s'y plie la même grandeur que la foi. Ici la politique sincère, qui, dans nos jours troublés, a cru, pour sauver le pays, devoir revenir aux maximes qui l'ont fondé : là une politique non moins sincère, qui s'est tournée résolûment vers l'avenir et a conçu la possibilité d'une société vivante et forte sans les conditions qui autrefois paraissaient pour cela de nécessité absolue. Et dans l'appréciation du plus grand évènement de l'histoire moderne, de cette Révolution qui est devenue comme la croix de chemin où l'on se divise, le symbole sur lequel on se compte, que de pacifiques dissentiments ! Ici la foi dans le signe qui une fois a vaincu, l'enthousiasme des jours sublimes où un souffle étrange courut dans cette foule et la fit penser et parler pour l'humanité, la hardie assurance de cœurs virils, disant à leurs aînés, comme les jeunes gens de Sparte : « Nous serons ce que vous fûtes ; » là un loyal effort pour peindre dans toute leur vérité des scènes funestes et dont on voudrait dire, comme L'Hôpital de la Saint-Barthélemy :

Nocte tegi nostra patiamur crimina gentis.

Où est donc votre unité, Messieurs ? Elle est dans l'amour de la vérité, dans le génie qui la trouve, dans l'art savant qui la fait valoir. Vous ne couronnez pas telle ou telle opinion ; vous couronnez la sincérité et le talent. Vous

admettez pleinement que, dans toutes les écoles, dans tous
les systèmes, dans tous les partis, il y a place pour l'éloquence et la droiture du cœur. Tout ce qui peut s'exprimer en bon français, tout ce qui fait le grand homme ou
l'homme aimable, a chez vous ses entrées. Il y a une source
commune d'où dérivent le bon style et la bonne vie, le
bien-dire et le noble caractère. Vous enseignez la chose
dont l'humanité a le plus besoin, la concorde, l'union des
contrastes. Ah! si le monde pouvait vous imiter! L'homme
vit quatre jours ici-bas; quoi de plus fou que de les passer
à haïr, quand il est clair que l'avenir nous jugera comme
nous jugeons le passé et que, dans cinquante ans, on trai-
tera d'enfantillage les batailles où nous sacrifions le meilleur de notre vie!

Voilà le secret de votre éternelle jeunesse; voilà pour-
quoi votre institution verdoie, quand le monde vieillit.
Tout s'embrasse dans votre sein. Ailleurs la littérature et
la société sont choses distinctes, profondément divisées.
Dans notre pays, grâce à vous, elles se pénètrent. Vous
vous inquiétez peu d'entendre annoncer pompeusement
l'avènement de ce qu'on appelle une autre *culture*, qui
saura se passer du talent. Vous vous défiez d'une *culture*
qui ne rend l'homme ni plus aimable ni meilleur. Je crains
fort que des races, bien sérieuses sans doute, puisqu'elles
nous reprochent notre légèreté, n'éprouvent quelque
mécompte dans l'espérance qu'elles ont de gagner la faveur du monde par de tout autres procédés que ceux qui
ont réussi jusqu'ici. Une science pédantesque en sa soli-
tude, une littérature sans gaieté, une politique maussade,
une haute société sans éclat, une noblesse sans esprit, des

gentilshommes sans politesse, de grands capitaines sans mots sonores, ne détrôneront pas, je crois, de sitôt le souvenir de cette vieille société française, si brillante, si polie, si jalouse de plaire. Quand une nation, par ce qu'elle appelle son sérieux et son application, aura produit ce que nous avons fait avec notre frivolité, des écrivains supérieurs à Pascal et à Voltaire, de meilleures têtes scientifiques que d'Alembert et Lavoisier, une noblesse mieux élevée que la nôtre au XVIIe et au XVIIIe siècle, des femmes plus charmantes que celles qui ont souri à notre philosophie, un élan plus extraordinaire que celui de notre Révolution, plus de facilité à embrasser les nobles chimères, plus de courage, plus de savoir-vivre, plus de bonne humeur pour affronter la mort, une société, en un mot, plus sympathique et plus spirituelle que celle de nos pères, alors nous serons vaincus. Nous ne le sommes pas encore. Nous n'avons pas perdu l'audience du monde. Créer un grand homme, frapper des médaillons pour la postérité, n'est pas donné à tous. Il y faut votre collaboration. Ce qui se fait sans les Athéniens est perdu pour la gloire; longtemps encore vous saurez seuls décerner une louange qui fasse vivre éternellement.

Ainsi, en conservant votre vieil esprit, vous conservez la meilleure des choses. Vous admettez tous les changements, tous les progrès dans les idées: les cadres, vous les maintenez, et, de tous les cadres, le plus essentiel, c'est la langue. Une langue bien faite n'a plus besoin de changer. Le français, tel que l'a créé le XVIIe siècle, peut servir à l'expression d'idées que n'avait pas le XVIIe siècle. Assurément, quelques modifications de nuances sont nécessaires. Même le cardinal de Retz aurait besoin d'un moment de réflexion pour comprendre certaines phrases de Turgot et de Condorcet. Turgot et Condorcet remarqueraient, s'ils pouvaient nous lire, que, chez les meilleurs écrivains de notre temps, le sens de quelques mots, tels que *révolution, agitation, développement, mouvement, apparition,* a pris une extension répondant à certaines idées philosophiques. Mais la langue est bien la même; on ne la trouve pauvre, cette vieille et admirable langue, que quand on ne la sait pas; on ne prétend l'enrichir que quand on ne veut pas se donner la peine de connaître sa richesse. Toutes les hardiesses sont permises, excepté les hardiesses contre vous, Messieurs. On ne vous brave jamais impunément. J'ai remarqué que cela portait malheur. Dans mes plus grandes libertés, la crainte de l'Académie a toujours été au fond de mon cœur, et je m'en suis bien trouvé.

Merci donc, Messieurs, de m'avoir associé à votre Compagnie et à votre œuvre. Comptez sur moi pour vous aider à étonner les personnes qui n'ont pas le secret de vos choix et n'en comprennent pas toute la philosophie. Vous n'êtes pas une distribution de prix. L'hérésie la plus dangereuse en ce monde est de réclamer en tout une justice rigoureuse, que la nature n'a pas voulue. Justes, vous l'êtes jusque dans vos délais. On arrive à votre cénacle à l'âge de l'Ecclésiaste, âge charmant, le plus propre à la sereine gaieté, où l'on commence à voir, après une jeunesse laborieuse, que tout est vanité, mais aussi qu'une foule de choses vaines sont dignes d'être longuement savourées. Mes confrères de l'Académie des Inscriptions et Belles-Lettres, qui me connaissent depuis vingt-deux ans, vous rendront ce témoignage que je suis bon académicien, bien exact dans l'accomplissement de mes devoirs. Comptez sur mon assiduité et mon application ; moi, je compte sur de charmantes heures à passer parmi vous.

Ces maximes fondamentales que j'essayais d'esquisser tout à l'heure, vous les avez admirablement appliquées, Messieurs, le jour où vous choisissiez pour confrère l'homme illustre auquel vous m'avez appelé à succéder parmi vous. Claude Bernard fut le plus grand physiologiste de notre siècle. L'Académie des Sciences fera son éloge ; elle exposera ces découvertes surprenantes qui ont porté la lumière sur les opérations les plus intimes des êtres organisés. Ce n'est pas le physiologiste que vous avez nommé, Messieurs ; dans les élections de savants illustres, c'est l'homme même, ou, en d'autres termes, l'écrivain que vous prenez. L'intelligence humaine est un ensemble si bien lié dans toutes ses parties qu'un grand esprit est toujours un bon écrivain. La vraie méthode d'investigation, supposant un jugement ferme et sain, entraîne les solides qualités du style. Tel mémoire de Letronne et d'Eugène Burnouf, en apparence étranger à tout souci de la forme, est un chef-d'œuvre à sa manière. La règle du bon style scientifique, c'est la clarté, la parfaite adaptation au sujet, le complet oubli de soi-même, l'abnégation absolue. Mais c'est là aussi la règle pour bien écrire en quelque matière que ce soit. Le meilleur écrivain est celui qui traite un grand sujet, et s'oublie lui-même, pour laisser parler son sujet. « Il se sert de la parole, écrivait M. de Cambrai à votre secrétaire perpétuel, comme un homme modeste de son habit pour se couvrir... Il pense, il sent, la parole suit. » Principe admirablement vrai ! Le beau est hors de nous, notre tâche est de nous mettre à son service et d'en être les dignes interprètes. Avoir quelque chose à dire, ne pas gâter la beauté naturelle d'un sujet noble, d'une pensée vraie, par le désordre, l'obscurité, l'incorrection, le faux goût, telle est la condition essentielle de cet art du bon langage, que certaines personnes, bien à tort, se figurent distinct de l'art même de penser et de trouver le vrai.

C'est en vous souvenant de ces principes que votre attention se porta sur un homme voué aux travaux en apparence les plus éloignés de ce qu'on peut appeler la littérature. Il passait sa vie dans un laboratoire obscur au Collège de France ; et là, au milieu des spectacles les plus repoussants, respirant l'atmosphère de la mort, la main dans le sang, il trouvait les plus intimes secrets de la vie, et les vérités qui sortaient de ce triste réduit éblouissaient tous ceux qui savaient les voir. Écrivain, certes il l'était, et écrivain excellent ; car il ne pensa jamais à l'être. Il eut la première qualité de l'écrivain, qui est de ne pas songer à écrire. Son style, c'est sa pensée elle-même ; et, comme cette pensée est toujours grande et forte, son style aussi est toujours grand, solide et fort. Rhétorique excellente que celle du savant ! Car elle repose sur la justesse d'un style vrai, sobre, proportionné à ce qu'il s'agit d'exprimer, ou plutôt sur la logique, base unique, base éternelle du bon style. Rhétorique au fond identique à celle de l'orateur, « qui ne se sert de la parole que pour la

pensée et de la pensée que pour la vérité ! » Rhétorique
au fond identique à celle du grand poète ! Car il y a une
logique dans une tragédie en cinq actes comme dans
un mémoire de physiologie, et la règle des ouvrages de
l'esprit est toujours la même : être égal à la vérité, ne
pas l'affaiblir en s'y mêlant, se mettre tout entier à son
service, s'immoler à elle pour la montrer seule, dans sa
haute et sereine beauté.

Telle est la raison qui fait que, depuis votre fondation,
vous avez eu pour confrères Mairan, Buffon, d'Alembert,
Vicq d'Azyr, Cuvier, Claude Bernard et le chimiste illustre
qui continue à l'heure qu'il est dans votre sein cette glorieuse tradition. Vous représentez l'esprit humain. Comment le plus beau fleuron de l'esprit humain, la science,
vous serait-elle étrangère? Vous ne voyez, il est vrai,
que le résultat: l'œuvre pénible du laboratoire n'est pas
votre domaine. De même que, le soir, en admirant
l'éclairage de nos grandes cités, nous jouissons de l'é-
blouissante lumière sans songer au récipient obscur où
elle se prépare, de même vous assistez à ces éclosions
merveilleuses sans vous préoccuper du travail matériel qui
les amène. Vous acceptez les conquêtes définitives ; vous
constatez les transformations que ces merveilleuses découvertes introduisent dans toute la discipline de l'esprit.
Qui ne voit que Galilée, Descartes, Newton, Lavoisier,
Laplace ont changé la base de la pensée humaine, en
modifiant totalement l'idée de l'univers et de ses lois, en
substituant aux enfantines imaginations des âges non scientifiques la notion d'un ordre éternel, où le caprice, la
volonté particulière, n'ont plus de part? Ont-ils diminué

l'univers, comme le pensent quelques personnes? Pour moi, j'estime tout le contraire. Le ciel, tel qu'on le voit avec les données de l'astronomie moderne, est bien supérieur à cette voûte solide, constellée de points brillants, portée sur des piliers, à quelques lieues de distance en l'air, dont les siècles naïfs se contentèrent. Je ne regrette pas beaucoup les petits génies qui autrefois dirigeaient les planètes dans leur orbite ; la gravitation s'acquitte beaucoup mieux de cette besogne, et, si par moments j'ai quelques mélancoliques souvenirs pour les neuf chœurs d'anges qui embrassaient les orbes des sept planètes, et pour cette mer cristalline qui se déroulait aux pieds de l'Éternel, je me console en songeant que l'infini où notre œil plonge est un infini réel, mille fois plus sublime aux yeux du vrai contemplateur que tous les cercles d'azur des paradis d'Angelico de Fiésole. L'homme d'État illustre dont la mort a produit un si grand vide dans votre Compagnie laissait rarement passer une belle nuit sans jeter un regard sur cet océan sans limites. « C'est là ma messe, » disait-il. Combien les vues profondes du chimiste et du cristallographe sur l'atome dépassent la vague notion de la matière dont vivait la philosophie scolastique ! Et quant à l'âme, qui venait, à un moment donné avant la naissance, s'adjoindre à une masse qui jusque-là ne méritait aucun nom, mon Dieu ! parfois je la regrette, je l'avoue ; car il était facile de démontrer qu'une telle âme, créée tout exprès, se détachait sans peine du corps qu'elle avait cessé d'animer ; mais, en y réfléchissant, je retrouve plus d'âme encore dans ce mystère sans fond de la vie, où nous voyons la conscience émerger de l'abîme, comme un

rameau d'or prédestiné, et l'œuvre divine se poursuivre par
un effort sans fin, où la personne de chacun de nous laissera
une trace éternelle. Le triomphe de la science est en réalité
le triomphe de l'idéalisme. Heureuse génération que la
nôtre ! Combien de martyrs de la science ont voulu voir
ces merveilles et n'en ont eu que l'incomplète divination !
Jouissons de ces connaissances que tant d'hommes illustres n'ont fait qu'entrevoir, et, quand l'horizon se charge
de nuages passagers, quand nous serions tentés de mé-
dire de notre siècle, songeons que ces héros du passé,
un Jordano Bruno, un Galilée, donneraient dix fois
encore leur vie pour savoir le dixième de ce que nous sa-
vons, et qu'ils estimeraient de telles conquêtes trop peu
achetées de leurs larmes, de leurs angoisses et de leur
sang.

Et quant à la noblesse des caractères, comment repro-
cher à la science d'y porter atteinte, quand on voit les
âmes qu'elle forme, ce désintéressement, ce dévouement
absolu à l'œuvre, cet oubli de soi-même, qu'elle inspire et
entretient ? Ici encore, nous n'avons rien à envier au passé.
Aux saints, aux héros, aux grands hommes de tous les
âges, nous comparerons sans crainte ces caractères scientifiques, attachés uniquement à la recherche de la vérité, indifférents à la fortune, souvent fiers de leur pauvreté, sou-
riant des honneurs qu'on leur offre, aussi indifférents à la
louange qu'au dénigrement, sûrs de la valeur de ce qu'ils
font, et heureux, car ils ont la vérité. Grandes assurément
sont les joies que donne une croyance assurée sur les choses
divines ; mais le bonheur intime du savant les égale ; car il
sent qu'il travaille à une œuvre d'éternité, et qu'il appar-

tient à la phalange de ceux dont on peut dire : *Opera eorum sequuntur illos.*

Claude Bernard, Messieurs, fut de ceux-là. Sa vie, toute consacrée au vrai, est le modèle que nous pouvons opposer à ceux qui prétendent que, de notre temps, la source des grandes vertus est tarie. Il naquit au petit village de Saint-Julien, près Villefranche, dans une maison de vignerons, qui lui resta toujours chère, et où il passa, jusqu'aux derniers temps, ses moments les plus doux. « J'habite, écrivait-il, sur les coteaux du Beaujolais, qui font face à la Dombe. J'ai pour horizon les Alpes, dont j'aperçois les cimes blanches, quand le ciel est clair. En tout temps, je vois se dérouler à deux lieues devant moi les prairies de la vallée de la Saône. Sur les coteaux où je demeure, je suis noyé à la lettre dans des étendues sans bornes de vignes, qui donneraient au pays un aspect monotone, s'il n'était coupé par des vallées ombragées et par des ruisseaux qui descendent des montagnes vers la Saône. Ma maison, quoique située sur une hauteur, est comme un nid de verdure, grâce à un petit bois qui l'ombrage sur la droite et à un verger qui s'y appuie sur la gauche : haute rareté dans un pays où l'on défriche même les buissons pour planter de la vigne ! »

Bernard perdit son père de bonne heure; dans ses premières années, comme au début de la vie de presque tous les grands hommes, se plaça l'amour d'une mère, qu'il adorait et dont il était adoré. Comme il apprenait bien à l'école, le curé le choisit pour enfant de chœur et lui fit commencer le latin. Il continua ses études au collège de Villefranche, tenu par des ecclésiastiques; et, la situation de sa famille ne lui permettant pas les années de loisirs, il vint le plus tôt qu'il put à Lyon, où il trouva, chez un pharmacien du faubourg de Vaise, un emploi qui lui donnait la nourriture et le logement. Cette pharmacie desservait l'école vétérinaire située près de là, et c'était Bernard qui portait les médicaments aux bêtes malades. Déjà il jetait plus d'un regard curieux sur ce qu'il voyait, et il y avait dans « Monsieur Claude », comme l'appelait son patron, bien des choses qui étonnaient ce dernier. C'était surtout à propos de la thériaque qu'ils ne se comprenaient pas. Toutes les fois que Bernard apportait à l'apothicaire des produits gâtés : « Gardez cela pour la thériaque, lui répondait ce digne homme ; ce sera bon pour faire de la thériaque. » Telle fut l'origine première des doutes de notre confrère sur l'efficacité de l'art de guérir. Cette drogue infecte, fabriquée avec toutes les substances avariées de l'officine, quelle que fût leur nature, et qui guérissait tout de même, lui causait de profonds étonnements.

Il était jeune, et sa voie était encore obscure devant lui. Il essayait toute chose, eut un petit succès sur un théâtre de Lyon avec un vaudeville, dont il ne voulait jamais dire le titre, vint à Paris, ayant dans sa valise une tragédie en cinq actes et une lettre. Il tenait naturellement plus à la tragédie qu'à la lettre ; mais le fait est que la lettre valut pour lui mille fois plus que la tragédie. Elle était adressée à notre regretté confrère M. Saint-Marc Girardin. L'honnête homme que nous avons connu se montra bien dans cette circonstance. Il lut la tragédie, fut très net et conseilla au jeune homme d'apprendre un métier pour vivre, quitte à faire ensuite de la poésie à ses heures. Claude Bernard suivit cette précieuse indication, et combien cela fut heureux, Messieurs! Auteur dramatique, il eût ajouté quelques tragédies de plus au tas énorme de celles qui attendent à l'Odéon les réparations de la postérité; il est douteux qu'il fût devenu votre confrère. Ainsi, en tournant le dos à la littérature, il prit le droit chemin qui devait le mener parmi vous. En réalité, sa vocation était scientifique. La médecine, qui est à la fois le plus honorable des états et la plus passionnante des sciences, fut l'occupation de son choix.

Les facilités qu'on a créées depuis aux abords des carrières scientifiques n'existaient point alors. La société humaine a été jusqu'ici ainsi faite que la recherche pure de la vérité ne rapporte rien à celui qui s'y livre. Le nombre de ceux qui s'intéressent à la vérité étant imperceptible, le savant vit, non de la science, mais des applications de la science; or, de toutes les applications de la science, la plus indispensable a toujours été la médecine. Aux siècles barbares, la science n'en connut guère d'autre; presque tous les savants du moyen âge, musulmans ou chrétiens, ont trouvé l'appui nécessaire à la vie en se disant médecins ; car l'homme le plus brutal et le plus fanatique, quand il est malade, veut être guéri. On peut dire que, si l'humanité s'était toujours bien portée, la science et la philosophie seraient vingt fois mortes de faim. Claude Bernard, déjà invinciblement attiré par les problèmes de la nature vivante, embrassa la profession qui se trouvait en quelque sorte à sa portée ; mais, des deux grandes parties de la médecine, l'art de guérir et la connaissance du sujet à guérir, la seconde eut toutes ses préférences. Disons-le, Bernard était aussi peu médecin que possible. Il était sceptique à l'égard de l'autel qu'il desservait. Le médecin, comme le magistrat, applique des règles qu'il sait n'être pas parfaites, et, de même que le meilleur magistrat fait souvent faire peu de progrès à la législation, de même le meilleur praticien n'est pas toujours un savant. Sa tâche est presque aussi difficile que celle de l'horloger à qui on demanderait de corriger les irrégularités d'une montre qu'il lui serait défendu d'ouvrir. Or, ce que cherchait Bernard, c'était le secret même des rouages intérieurs; cette montre, il la brisait, l'ouvrait violemment, plutôt que d'admettre qu'il fût permis de la manier à l'aveugle et sans savoir clairement ce que l'on fait.

Il expia comme il convient sa supériorité et ses dons exceptionnels. La physiologie, quand il débuta, n'avait guère de place dans l'enseignement. Lors de la division des sections dans le sein de l'Académie des Sciences, en 1795, division qui, par un privilège singulier, est venue jusqu'à nos jours presque sans modifications, on ne conçut la science de la vie que sous le nom de médecine. Claude Bernard paya cher sa gloire d'être créateur. Il n'y avait pas de cadre pour lui. Le temps était plus favorable à une littérature souvent de médiocre aloi qu'à des recherches qui ne prêtaient pas à de jolies phrases. De son entresol de la cour du Commerce, Bernard lutta seul. Il y avait dans la vie pauvre, ardente, du quartier Latin d'alors, tant de foi, d'espérance, de loyale et généreuse fraternité, que nulle épreuve ne l'arrêta. Avec son ami le Dr Lasègue, il essaya, vers 1845, d'établir un laboratoire de physiologie.

Cela se passait rue Saint-Jacques, près du Panthéon, avant que des trouées, désolantes pour ceux dont elles dérangent les souvenirs, eussent fait pénétrer l'air et le jour dans ces sombres ruelles qui n'avaient point changé depuis le XIVe siècle. Le laboratoire n'eut pas plus de cinq ou six élèves, et l'établissement ne fit jamais les frais du hangar qui l'abritait ni des lapins qu'on y sacrifiait. Mais Claude Bernard y conçut l'idée de ses expériences sur la corde du tympan, sur le suc gastrique. Il essaya les concours, et y échoua complètement; il n'avait pas les qualités superficielles qui font réussir en des épreuves où c'est un défaut d'avoir des idées, et où l'on est perdu si un moment on se laisse aller à suivre sa propre pensée. Son air était gauche et embarrassé, et les brillants sujets qui croyaient se partager l'avenir ne lui prédisaient qu'une carrière médicale des plus modestes.

Quelqu'un qui ne s'y laissa point tromper, ce fut M. Magendie. Le sort, on serait tenté de dire une harmonie préétablie, avait attaché Claude Bernard au service de cet homme éminent, à l'Hôtel-Dieu. Jamais le hasard n'opéra un rapprochement plus judicieux. Bernard et Magendie étaient en quelque sorte créés pour se joindre, se compléter et se continuer. Si Magendie n'eût pas eu Bernard pour élève, sa gloire ne serait pas le quart de ce qu'elle est. Si Bernard n'eût pas trouvé la direction de Magendie, il est douteux qu'il eût pu surmonter les énormes difficultés matérielles que la fortune, par un jeu malin, semblait avoir semées devant lui, comme pour lui rendre méritoires les brillantes faveurs qu'elle lui réservait.

Chose singulière! Le premier abord de l'homme qui

devait être son initiateur à la vie scientifique lui fut désa-
gréable, presque pénible. Magendie, avec ses rares qualités, était peu aimable. Son accueil rude déconcerta le
jeune interne, et un moment Bernard méconnut la rare
chance qui lui était échue. Magendie, lui, n'hésita pas
longtemps. Au bout de quelques jours, sachant à peine le
nom de son jeune élève, ayant remarqué ses yeux et sa
main pendant une dissection : « Dites donc, lui cria-t-il
d'un bout de la table à l'autre, je vous prends pour mon
préparateur au Collège de France. » A partir de ce jour,
la carrière de Claude Bernard était tracée. Il avait trouvé
l'établissement qui seul pouvait convenir au développe
m en tde son génie.

Grâce, en effet, à la complète liberté dont jouit le
professeur dans cette école unique, Magendie, suivant
les traces de Laënnec, faisait sous le titre de « Médecine »,
un cours de recherches originales sur les phénomènes
physiques de la vie. Magendie n'était pas l'idéal du médecin ; il était trop critique envers lui-même pour pra-
tiquer un art qui consiste aussi souvent à consoler le malade
qu'à le guérir. Mais c'était l'idéal du professeur au Collège
de France, toujours cherchant le nouveau, ne visant en
rien au cours complet, uniquement attentif à éveiller chez
ses auditeurs l'esprit d'investigation. Comme le vrai professeur au Collège de France, il ne préparait pas son cours
et donnait à ses élèves le spectacle de ses doutes, de ses
perplexités. Bien différent de ceux qui prennent d'avance
leurs précautions pour éviter l'embarras que leur causerait
un entretien trop immédiat avec une réalité qui leur est peu
familière, il interrogeait directement la nature, souvent

sans savoir ce qu'elle répondrait. Quelquefois, quand il se hasardait à prédire le résultat, l'expérience disait juste le contraire. Magendie alors s'associait à l'hilarité de son auditoire. Il était enchanté ; car, si son système, auquel il ne tenait pas, sortait ébréché de l'expérience, son scepticisme, auquel il tenait, en était confirmé. Avec ce caractère, il devait laisser à son préparateur une part considérable dans la direction du cours. Claude Bernard faisait l'expérience de chaque leçon avec sa prodigieuse habileté d'opérateur, et, à la troisième ou quatrième séance, Magendie sortait de la salle en disant du ton bourru qui lui était habituel : « Eh bien, tu es plus fort que moi. »

Ce que Magendie, en effet, avait voulu, prêché, désiré durant quarante ans, Claude Bernard le faisait. L'expérience en physiologie n'était assurément pas une chose absolument neuve. Descartes, dans les heures fécondes qu'il consacra à la science de la vie, en eut l'idée la plus claire. Harvey avait vérifié la circulation du sang sur les daims des parcs royaux, que lui livrait Charles Ier. Haller, Réaumur, Spallanzani avaient imaginé les moyens les plus ingénieux pour prendre la nature sur le fait. De graves objections s'élevaient pourtant contre l'application de la méthode expérimentale à la vie. Le grand Cuvier s'en fit l'interprète. La vie est une, disait-on ; l'attaquer dans sa simplicité est impossible ; attaquer chaque partie, la séparer de la masse, c'est la reporter dans l'ordre des substances inertes. On opposait trop la nature inorganique à la nature organisée. On se figurait que la vie résulte de forces à part, que les faits qui se passent dans l'être vivant sont assujettis à des lois toutes particulières, qu'un principe secret préside en chaque individu à la naissance, à la maladie, à la mort. Lavoisier et Laplace rompirent le charme et créèrent la physique animale en prouvant que la respiration est une combustion, source de la chaleur qui nous anime. Bichat secoua le joug de l'ancien vitalisme, sans pourtant réussir à s'en dégager complètement. Il restait un principe mystérieux, en vertu duquel les phénomènes vitaux, contrairement aux lois des corps bruts, semblaient n'être pas identiques dans des circonstances identiques. Voilà ce que Magendie nia tout à fait ; voilà ce que Claude Bernard réfuta par des expériences sans nombre. En s'appliquant à produire les faits mêmes de la vie, en s'ingéniant à les gêner, à les contrarier, il réussit à les soumettre à des lois précises. La physiologie ainsi conçue devint la sœur de la physique et de la chimie. Dans les corps vivants, comme dans les corps bruts, les lois sont immuables. Le mot d'exception est antiscientifique. Ce qu'on appelle exception est un phénomène dont une ou plusieurs conditions sont inconnues.

L'expérimentateur chez Claude Bernard était admirable, et jamais on ne fit parler la nature avec une si merveilleuse sagacité. Difficile envers lui-même, il était pour ses systèmes le pire des adversaires. Il critiquait ses propres idées aussi âprement que si elles eussent été celles d'un rival ; il s'acharnait à se démolir comme l'eût fait son pire ennemi. Aucune preuve ne lui paraissait solide que quand une contre-épreuve venait la confirmer. « Le grand principe expérimental, disait-il, est le doute, ce doute philosophique, qui laisse à l'esprit sa liberté et son initiative... Le raisonnement expérimental est précisément l'inverse du raisonnement scolastique. La scolastique veut toujours un point de départ fixe et indubitable, et, ne pouvant le trouver ni dans les choses extérieures ni dans la raison, elle l'emprunte à une source irrationnelle quelconque, telle qu'une révélation, une tradition, une autorité conventionnelle ou arbitraire... Le scolastique ou le systématique, ce qui est la même chose, ne doute jamais de son point de départ, auquel il veut tout ramener ; il a l'esprit orgueilleux et intolérant et n'accepte pas la contradiction... Au contraire, l'expérimentateur, qui doute toujours et qui ne croit posséder la certitude absolue sur rien, arrive à maîtriser les phénomènes qui l'entourent et à étendre sa puissance sur la nature. »

Le courage que Bernard montra dans ces luttes terribles contre un Protée qui semble vouloir défendre ses secrets fut quelque chose d'admirable. Ses ressources étaient chétives. Ces merveilleuses expériences, qui frappaient d'admiration l'Europe savante, se faisaient dans une sorte de cave humide, malsaine, où notre confrère contracta probablement le germe de la maladie qui l'enleva ; d'autres se faisaient à Alfort ou dans les abattoirs. Ces expériences sur des chevaux furieux, sur des êtres imprégnés de tous les virus, étaient quelquefois effroyables. Le docteur Rayer, venait de découvrir que la plus terrible maladie du cheval se transmet à l'homme qui le soigne. Bernard voulut étudier la nature de ce mal hideux. Dans une convulsion suprême, le cheval lui déchire le dessus de la main, la couvre de sa bave. « Lavez-vous vite, lui dit Rayer, qui était à côté de lui. — Non, ne vous lavez pas, lui dit Magendie, vous hâteriez l'absorption du virus. » Il y eut une seconde d'hésitation. « Je me lave, dit Bernard, en mettant la main sous la fontaine, c'est plus propre. »

C'était un spectacle frappant de le voir dans son laboratoire, pensif, triste, absorbé, ne se permettant pas une distraction, pas un sourire. Il sentait qu'il faisait œuvre de prêtre, qu'il célébrait une sorte de sacrifice. Ses longs doigts plongés dans les plaies semblaient ceux de l'augure antique, poursuivant dans les entrailles des victimes de mystérieux secrets. « Le physiologiste n'est pas un homme du monde, disait-il; c'est un savant, c'est un homme absorbé par une idée scientifique qu'il poursuit; il n'entend plus les cris des animaux, il ne voit plus le sang qui coule, il ne voit que son idée et n'aperçoit que des organismes qui lui cachent des problèmes qu'il veut découvrir. De même le chirurgien n'est pas arrêté par les cris et les sanglots, parce qu'il ne voit que son idée et le but de son opération. De même encore l'anatomiste ne sent pas qu'il est dans un charnier horrible; sous l'influence d'une idée scientifique, il poursuit avec délices un filet nerveux dans des chairs puantes et livides, qui seraient pour tout autre homme un objet de dégoût et d'horreur. »

La fécondité dans l'invention des moyens de recherche répondait chez notre confrère à la profondeur des intuitions. Ce fut un vrai coup de génie d'avoir su faire du poison son grand agent expérimentateur. Le poison, en effet, va où ni la main ni l'œil ne peuvent aller. Il atteint les éléments mêmes de l'organisme, s'introduit dans la circulation, devient un réactif d'une délicatesse extrême pour disséquer les éléments vitaux, désassocier les nerfs sans les lacérer, pénétrer les derniers mystères du système nerveux. C'est par le poison, ainsi qu'on l'a très bien dit, que Bernard « installa son laboratoire au sein de l'économie animale; il eut son réseau de communications instantanées, sa police secrète, si l'on peut s'exprimer ainsi, qui l'avertissait du trouble le plus furtif ». Miracle ! Il rendit la mort locale et passagère, locale par les empoisonnements partiels, passagère par les anesthésiques ; et de la sorte, au scalpel qui mutile la vie, au microscope qui en fausse les proportions, il substitua ce qu'on a très bien appelé l'autopsie vivante, sans mutilation ni effusion de sang.

Ainsi se produisirent ces étonnants travaux sur la formation du sucre chez les animaux, sur le grand sympathique, sur les mouvements réflexes, sur la respiration des tissus. L'unité de la vie fut, de la part de Claude Bernard, l'objet des plus fines observations. A côté du système central il trouva en quelque sorte des autonomies provinciales, des circulations locales. Le cœur ne fut plus le point unique d'émission de vie. A côté de cette principale source de mouvement, Bernard trouva des réseaux de circulation capillaire ayant leur vie propre, leurs accidents, leurs maladies, leurs anémies, leurs congestions en dehors du grand courant de la circulation générale.

Comme tous les esprits complets, Claude Bernard a donné l'exemple et le précepte. En dehors de ses mémoires spéciaux, il a tracé à deux ou trois reprises son *Discours de la méthode,* le secret même de sa pensée philosophique. C'est à Saint-Julien, loin de son laboratoire, pendant ses mois de repos ou de maladie, qu'il écrivit ces belles pages, et notamment cette *Introduction à la médecine expérimentale,* qui le désigna surtout à votre choix. Il faut remonter à nos maîtres de Port-Royal pour trouver une telle sobriété, une telle absence de tout souci de briller, un tel dédain des procédés d'une littérature mesquine, cherchant à relever par de fades agréments l'austérité des sujets. Le style scientifique ne doit faire aucun sacrifice au désir de plaire. On n'égaye ces graves matières qu'en les rapetissant. C'est surtout quand il s'agit du style de la science que le grand principe évangélique « Qui perd son âme la sauve », est aussi un grand principe littéraire. C'est en pareil cas qu'il est vrai de dire : « Soyez aussi peu littérateur que possible, si vous voulez être bon littérateur. »

La parole de Claude Bernard était comme son style, pleine de bonne foi, d'honnêteté. « Il n'essayait jamais, dit un de ses meilleurs élèves, de produire aucun effet, et, se figurant les autres à son image, il pensait que la recherche de ce qui est devait suffire à les passionner, comme elle le passionnait lui-même. » A l'exemple de son maître Magendie, il faisait de son cours le spectacle vivant de ses recherches, initiant le public à tous ses secrets. On assistait au travail de sa pensée. La science ne veut pas être crue sur parole, et les cours du Collège de France ont pour objet de montrer aux yeux de tous ce qui d'ordinaire se cache dans les laboratoires. Bernard pensait en parlant; il pouvait en résulter par moments un peu de confusion. L'objection lui venait, le troublait. Les pensées se heurtaient dans sa tête; au milieu d'une exposition, l'idée d'une expérience lui traversait l'esprit, l'arrêtait court, le rendait distrait. Mais tout à coup la lumière éclatait. Dans sa conversation avec ses élèves, dans ces causeries où « il faisait, selon l'expression de l'un d'eux, l'apprentissage de son génie », il était admirable. « Il y a dans tout ce que j'écris, avouait-il, certaines parties qui ne sauraient être comprises par d'autres que moi. Ce sont des germes d'idées que je dépose en quelque sorte pour les reprendre plus tard. » Dans la conversation, ces flots de vérités pressées débordaient en toute liberté.

La plus haute philosophie, en effet, résultait de cet ensemble de faits constatés avec une inflexible rigueur. Comme loi suprème de l'univers, Bernard reconnaît ce qu'il appelle le *déterminisme,* c'est-à-dire la liaison inflexible des phénomènes, sans que nul agent extra-naturel intervienne jamais pour en modifier la résultante. Il n'y a pas, comme on l'avait dit souvent, deux ordres de sciences : celles-ci d'une précision absolue, celles-là toujours en crainte d'être dérangées par des forces mystérieuses. Cette grande inconnue de la physiologie, que Bichat admettait encore, cette puissance capricieuse qui, prétendait-on, résistait aux lois de la matière et faisait de la vie une sorte de miracle, Bernard l'exclut absolument. « L'obscure notion de cause, disait-il, doit être reportée à l'origine des choses ;... elle doit faire place dans la science à la notion du rapport et des conditions. Le déterminisme fixe les conditions des phénomènes ; il permet d'en prévoir l'apparition et de la provoquer... Il ne nous rend pas compte de la nature, il nous en rend maîtres... Que si, après cela, nous laissons notre esprit se bercer au vent de l'inconnu et dans les sublimités de l'ignorance, nous aurons au moins fait la part de ce qui est la science et de ce qui ne l'est pas. »

Être maître de la nature, tel est, en effet, selon Claude Bernard, le but de la science de la vie. Il pensait, après Descartes, que les espérances les plus hardies sont dans cet or-

dre permises, et que la science des êtres vivants doit apprendre à subjuguer la nature vivante, comme la physique
et la chimie subjuguent la nature morte. « Dans toute
manifestation vitale, écrivait-il, la nature répète une leçon
qu'elle a apprise et dont elle se souvient plus ou moins
bien. Pourrait-on apprendre à la nature une nouvelle
leçon, et sa mémoire la reproduirait-elle dans une série
d'êtres nouveaux? Je le crois; c'est toujours ma vieille
idée de refaire des êtres, non par génération spontanée,
comme on l'a rêvé, mais par la répétition de phénomènes
organiques dont la nature garderait souvenir. »

Quoiqu'il parlât peu des questions sociales, il avait l'esprit trop grand pour n'y pas appliquer ses principes géné-
raux. Ce caractère conquérant de la science, il l'admettait
jusque dans le domaine des sciences de l'humanité. « Le
rôle actif des sciences expérimentales, disait-il, ne s'arrête pas aux sciences physico-chimiques et physiologiques ;
il s'étend jusqu'aux sciences historiques et morales. On a
compris qu'il ne suffit pas de rester spectateur inerte du
bien et du mal, en jouissant de l'un et en se préservant de
l'autre. La morale moderne aspire à un rôle plus grand :
elle recherche les causes, veut les expliquer et agir sur
elles ; elle veut en un mot dominer le bien et le mal, faire
naître l'un et le développer, lutter avec l'autre pour l'extir-
per et le détruire. »

Les récompenses vinrent lentement à cette grande carrière, qui, à vrai dire, pouvait s'en passer, car elle était à
elle-même sa propre récompense. Notre confrère avait eu
les rudes commencements de la vie du savant, il en eut les
tardives douceurs. L'Académie des Sciences, la Sorbonne,

le Collège de France, le Muséum tinrent à honneur de le
posséder. Votre Compagnie mit le comble à ces faveurs en
lui conférant le premier des titres auquel puisse aspirer
l'homme voué aux travaux de l'esprit. Une volonté person-
nelle de l'empereur Napoléon III l'appela au Sénat. D'illustres et douces amitiés le consolèrent, des mains affectueuses
furent de tous côtés attentives à lui diminuer les difficultés
de la vie ; des élèves tels que Paul Bert, Armand Moreau,
ses amis de la Société de biologie, recueillaient toutes
ses paroles et l'assuraient que sa pensée était garantie
contre la mort. Sa tête magistrale, toujours méditative,
était devenue extrêmement belle à soixante ans. Il travaillait sans cesse et pourtant il ne savait pas ce que c'était
que la fatigue, car il ne poursuivait jamais l'impossible ; il
laissait la pensée venir, sans la solliciter. Sa sérénité était
absolue ; il savait bien que l'emploi qu'il faisait de sa
vie était le meilleur. Sa fête de tous les ans, les vendanges
de Saint-Julien, suffisait pour réparer ses forces. « J'ai
dans l'esprit des choses que je veux absolument finir, »
écrivait-il en 1876. Une maladie grave, qu'il avait traversée
victorieusement, semblait n'avoir fait que redoubler l'activité de son esprit. Entouré de sa famille scientifique, il
s'avançait vers la vieillesse sans paraître en ressentir les
atteintes. Les projets qu'il roulait dans son esprit étaient
plus grands que ceux qu'il avait jusque-là réalisés.

Dans sa marche hardie vers les derniers secrets de la nature animée, il arrivait, en effet, aux confins de la vie, aux
sources obscures de l'organisme. Peu à peu la différence
entre la physiologie animale et la physiologie végétale s'é-
vanouissait à ses yeux. Le germe de la vie, des deux côtés,

lui paraissait le même. La plante, comme l'animal, est sus-
ceptible d'être anesthésiée. Même certains ferments peuvent
être atteints par les agents insensibilisateurs, et, pour une
moitié au moins de leur être, ils semblent s'endormir. Claude
Bernard touchait ainsi au problème par excellence, au problème de la fermentation, impliquant la question même des
origines de la cellule. Il y consacra toutes ses réflexions
de l'été de 1877; il annonçait à ses disciples qu'il croyait
avoir trouvé la voie pour arriver à ce sanctuaire impéné-
trable. O fragilité de la vie humaine! O jeu cruel d'une
nature marâtre qui se plaît à briser stupidement une tête
formée par quarante ans de méditations et où va éclore la
plus belle combinaison du génie! La terrible maladie à
laquelle il avait échappé dix ans auparavant n'avait pardonné qu'en apparence. Elle revint plus implacable que
jamais. Il mourut sans avoir pu réaliser son rève; il
mourut triste, pensant à l'idée destinée à périr avec
lui, et disant : « C'eût été pourtant bien beau de finir
par là ! »

Il a fait assez pour sa gloire, et sa trace sera éternelle. Sa
religion était la vérité; il n'eut jamais ni mécompte ni fai-
blesse; car il ne douta pas un moment de la science; or la
science donne le bonheur, quand on se contente d'elle et
qu'on ne lui demande que ce qu'elle peut donner. Si elle
ne répond pas à toutes les questions que lui adressent les
avides ou les empressés, au moins ce qu'elle apprend
est sûr. Pour être acquis par des oscillations successives, les
résultats de la science moderne n'en sont pas moins pré-
cieux. Ces délicates approximations, cet affinage successif
qui nous amène à des manières de voir de plus en plus

rapprochées de la vérité, sont la condition même de l'esprit humain. La science donnait ainsi à notre confrère
tout le calme que procure la certitude d'avoir raison. Il
ne portait envie à personne; il croyait avoir la meilleure
part.

Claude Bernard n'ignorait pas que les problèmes qu'il
soulevait touchaient aux plus graves questions de l'ordre
philosophique. Il n'en fut jamais ému. Il ne croyait pas qu'il
fût permis au savant de s'occuper des conséquences qui peuvent sortir de ses recherches. Il était, à cet égard, d'une
impassibilité absolue. Peu lui importait qu'on l'appelât de
tel ou tel nom de secte. Il n'était d'aucune secte. Il cherchait la vérité, et voilà tout. Les héros de l'esprit humain
sont ceux qui savent ainsi ignorer pour que l'avenir sache.
Tous n'ont pas ce courage. Il est difficile de s'abstenir
dans des questions où c'est éminemment de nous qu'il s'a-
git. Ignorer si l'univers a un but idéal, ou si, fils du hasard,
il va au hasard, sans qu'une conscience aimante le suive
dans son évolution; ignorer si, à l'origine, quelque chose
de divin fut mis en lui, et si, à la fin, un sort plus conso-
lant lui est réservé; ignorer si nos instincts profonds de
justice sont un leurre ou la dictée impérieuse d'une vérité
qui s'impose, on est excusable de ne pas s'y résigner. Il
est des sujets où l'on aime mieux déraisonner que de se
taire. Vérité ou chimère, le rêve de l'infini nous attirera
toujours, et, comme ce héros d'un conte celtique qui,
ayant vu en songe une beauté ravissante, court le monde
toute sa vie pour la trouver, l'homme qui un moment s'est

assis pour réfléchir sur sa destinée porte au cœur une
flèche qu'il ne s'arrache plus. En pareille matière, la pué-
rilité même des efforts est touchante. Il ne faut pas demander de logique aux solutions que l'homme imagine
pour se rendre quelque raison du sort étrange qui lui est
échu. Invinciblement porté à croire à la justice et jeté dans
un monde qui est et sera toujours l'injustice même, ayant
besoin de l'éternité pour ses revendications et brusque-
ment arrêté par le fossé de la mort, que voulez-vous qu'il
fasse? Il se révolte contre le cercueil, il rend la chair à l'os
décharné, la vie au cerveau plein de pourriture, la lumière
à l'œil éteint; il imagine des sophismes dont il rirait chez
un enfant, pour ne pas avouer que la nature a pu pousser
l'ironie jusqu'à lui imposer le fardeau du devoir sans com-
pensation.

Si parfois, à ces confins extrêmes où toutes nos pensées tournent à l'éblouissement, la philosophie de notre
illustre confrère parut un peu contradictoire, ce n'est pas
moi qui l'en blâmerai. J'estime qu'il est des sujets sur lesquels il est bon de se contredire ; car aucune vue partielle
n'en saurait épuiser les intimes replis. Les vérités de la
conscience sont des phares à feux changeants. A certaines
heures, ces vérités paraissent évidentes; puis, on s'étonne
qu'on ait pu y croire. Ce sont choses que l'on aperçoit
furtivement, et qu'on ne peut plus revoir telles qu'on les
a entrevues. Vingt fois l'humanité les a niées et affirmées;
vingt fois l'humanité les niera et les affirmera encore. La
vraie religion de l'âme est-elle ébranlée par ces alternati-
ves? Non, Messieurs. Elle réside dans un empyrée où le
mouvement de tous les autres cercles ne sauraient l'at-

teindre. Le monde roulera durant l'éternité sans que la sphère du réel et la sphère de l'idéal se touchent. La plus grande faute que puissent commettre la philosophie et la religion est de faire dépendre leurs vérités de telle ou telle théorie scientifique et historique; car les théories passent, et les vérités nécessaires doivent rester. L'objet de la religion n'est pas de nous donner des leçons de physiologie, de géologie, de chronologie; qu'elle n'affirme rien en ces matières, et elle ne sera pas blessée. Qu'elle n'attache pas son sort à ce qui peut périr. La réalité dépasse toujours les idées qu'on s'en fait; toutes nos imaginations sont basses auprès de ce qui est. De même que la science, en détruisant un monde matériel enfantin, nous a rendu un monde mille fois plus beau, de même la disparition de quelques rêves ne fera que donner au monde idéal plus de sublimité. Pour moi, j'ai une confiance invincible en la bonté de la pensée qui a fait l'univers. « Enfants! disons-nous des hommes antiques, enfants! qui n'avaient point d'yeux pour voir ce que nous voyons! » — « Enfants! dira de nous l'avenir, qui pleuraient sur la ruine d'un *millenium* chimérique et ne voyaient pas le soleil de la vérité nouvelle blanchir déjà derrière eux les sommets de l'horizon ! »

Vous résolvez ces graves problèmes, Messieurs, par la tolérance, par votre bonne confraternité, en vous aimant, en vous estimant. Vous ne vous effrayez pas de luttes qui sont aussi vieilles que le monde, de contradictions qui dureront autant que l'esprit humain, d'erreurs même qui sont la condition de la vérité. Votre philosophie est indulgente et optimiste, parce qu'elle est fondée sur une connaissance étendue de l'esprit humain. Ce désintéressement qu'un observateur superficiel se croit en droit de nier dans les choses humaines, vous savez le voir, vous à qui l'étude de la société apprend la justice et la modération. Ne trouvez-vous pas, Messieurs, que les hommes sont trop sévères les uns pour les autres? On s'anathématise, on se traite de haut en bas, quand souvent, de part et d'autre, c'est l'honnêteté qui insulte l'honnêteté, la vérité qui injurie la vérité. Oh ! le bon être que l'homme ! Comme il a travaillé ! Quelle somme de dévouement il a dépensée pour le vrai, pour le bien ! Et quand on pense que, ces sacrifices à un Dieu inconnu, il les a faits, pauvre, souffrant, jeté sur la terre comme un orphelin, à peine sûr du lendemain, ah ! je ne peux souffrir qu'on l'insulte, cet être de douleur, qui, entre le gémissement de la naissance et celui de l'agonie, trouve moyen de créer l'art, la science, la vertu. Qu'importent les malentendus aux yeux de la vérité éternelle? Le culte le plus pur de la Divinité se cache parfois derrière d'apparentes négations; le plus parfait idéaliste est souvent celui qui croit devoir à une certaine franchise de se dire matérialiste. Combien de saints sous l'apparence de l'irréligion! Combien, parmi ceux qui nient l'immortalité, mériteraient une belle déception! La raison triomphe de la mort, et travailler pour elle, c'est travailler pour l'éternité. Toute perdue qu'elle est dans le chœur des millions d'êtres qui chantent l'hymne éternel, chaque voix a compté et comptera toujours. La joie, la gaieté que donnent ces pensées est un signe qu'elles ne sont pas vaines. Elles ont l'éclat; elles rajeunissent; elles prêtent au talent, le créent et l'appellent. Vous qui jugez des choses par l'étincelle qui en jaillit, par le talent qu'elles provoquent, vous avez après tout un bon moyen de discernement. Le talent qu'inspire une doctrine est, à beaucoup d'égards, la mesure de sa vérité. Ce n'est pas sans raison qu'on ne peut être grand poète qu'avec l'idéalisme, grand artiste qu'avec la foi et l'amour, bon écrivain qu'avec la logique, éloquent orateur qu'avec la passion du bien et de la liberté.

RÉPONSE

DE M. MÉZIÈRES

DIRECTEUR DE L'ACADÉMIE FRANÇAISE

AU DISCOURS

DE

M. E. RENAN

PRONONCÉ DANS LA SÉANCE DU 3 AVRIL 1879.

MONSIEUR,

Ce n'est pas à moi qu'appartenait l'honneur de vous répondre. Tous les regrets qu'a causés à notre Compagnie la mort prématurée de M. de Loménie se ravivent en ce moment. Il était notre directeur, il devait vous souhaiter la bienvenue parmi nous ; il l'eût fait avec la sincérité de son loyal esprit, avec un talent dont je regrette pour vous l'absence ; mais il n'eût pu le faire, j'ose le dire, avec plus de sympathie que moi.

Nos liens ne datent pas d'hier, Monsieur. Je vous vois

encore dans un petit pavillon de la rue du Val-de-Grâce
où l'affection maternelle d'une sœur, capable de tous les
dévouements, vous avait ménagé un asile, à une heure
décisive de votre jeunesse ; vous passiez une partie de vos
journées à la Bibliothèque ; la soirée tout entière était
consacrée au travail ; bien avant dans la nuit la lueur de
votre lampe dénonçait aux passants l'opiniâtreté de vos
veilles laborieuses. Une tendresse ingénieuse et intrépide
suffisait à tous vos besoins, sans vous demander aucun
effort qui troublât vos études, et vous épargnait jusqu'au
souci des choses matérielles.

Années heureuses, années fécondes, pendant lesquelles
votre puissant esprit rassemblait ses forces pour nous
étonner par son audace ! Je crois répondre à vos pensées
les plus chères, comme à mes propres souvenirs, en rap-
portant une part d'honneur, dans ces commencements
austères de votre vie, à la noble femme qui vous assura la
liberté du travail ; qui, tout en se réservant le soin et la
prose du ménage, s'associa par la plus délicate et la plus
discrète des collaborations à l'infinie variété de vos recherches et fit pénétrer peut-être dans la grâce et dans l'harmonie de votre style quelque chose d'elle-même. Made-
moiselle Henriette Renan, qui vous a laissé le souvenir
d'un écrivain et d'un critique exquis, méritait d'être nom-
mée à côté de vous, le jour où le frère qu'elle a tant aimé,
à la gloire duquel elle travaillait, reçoit la plus haute
des récompenses littéraires. Même au-delà de la tombe,
votre souvenir doit être assez puissant sur elle pour qu'elle
me pardonne de la faire sortir, à cause de vous, de l'ombre
où elle aimait à se cacher.

Plus durs ont été les commencements de votre illustre prédécesseur. Une main amie et ferme ne s'est pas tendue vers lui pour l'aider à franchir les premiers degrés de la vie.

Durant les heures ingrates qu'il passait chez un pharmacien de Lyon à composer ces remèdes qui lui inspiraient si peu de confiance, dans son pauvre entre-sol de la cour du Commerce, il lui manqua la douceur d'être aimé, comme il méritait de l'être. L'amitié même se présenta à lui, — vous venez de nous le dire, — sous une forme sévère, presque dure. Il n'en conserva aucune amertume. Il était de ces esprits vigoureux que les petites misères de la vie atteignent difficilement, parce qu'ils ne s'occupent jamais que des grandes choses. La science le consola dans les épreuves qui ne lui furent pas toujours épargnées.

Vous le peignez tel qu'il fut, entre ces murs du Collège de France où il passa le meilleur de sa vie, absorbé par le travail délicat de ses expériences, pratiquant l'expérimentation, non plus comme on le faisait avant lui, sur le cadavre refroidi, mais sur la matière animée ; quelquefois à bout de forces, jamais à bout de courage ; sans pitié pour les êtres qui souffrent et qui palpitent sous sa main, mais sans pitié aussi pour lui-même ; s'échauffant comme un soldat, au feu de l'action, et capable d'enlever une vérité, comme on enlève une redoute, au péril de sa vie. Le cardinal de Retz écrivait dans ses *Mémoires* en parlant du courage civil : « Si ce n'était une espèce de blasphème de dire qu'il y a quelqu'un dans notre siècle plus intrépide que le grand Gustave ou M. le Prince, je dirais que ç'a été Molé, premier président. » Si ce n'était pas un blasphème de dire qu'il y a quelqu'un dans notre siècle plus intrépide qu'un Ney ou qu'un Murat, je dirais que c'est Claude Bernard affrontant la mort pour découvrir une des lois de la nature. Les âmes sensibles qui ont pleuré sur le sort des victimes mises à mort par notre confrère lui pardonneront peut-être en apprenant que, s'il a sacrifié pour la science quelques protégés de la loi Grammont, il avait commencé par s'offrir lui-même en sacrifice.

Au génie qui découvre les vérités scientifiques, M. Claude Bernard joignait le don de faire pénétrer dans le public les résultats de ses découvertes. Ce fut ce qui le désigna aux suffrages de l'Académie française. Son style n'est que le vêtement de sa pensée; mais sa pensée elle-même est si riche, si nourrie de détails ingénieux et originaux que la gravité du langage scientifique s'assouplit naturellement pour en exprimer les nuances délicates. On ose à peine parler de qualités littéraires, à propos d'un écrivain dont le mérite constant est de n'en rechercher aucune; et cependant il les rencontre presque toutes, précisément parce qu'il ne les cherche pas. C'est le sentiment profond dont il est pénétré en découvrant les secrets de la nature qui échauffe son imagination et donne quelquefois aux pages les plus rigoureusement scientifiques l'accent ému et passionné du drame. La tragédie que M. Claude Bernard apportait de sa province à Paris et dont le ferme bon sens de M. Saint-Marc Girardin abrégea les jours, était probablement moins tragique que le beau travail sur le curare qui fait naître en nous tous les genres d'émotion.

La scène s'ouvre comme le premier acte d'une œuvre dramatique ou comme le début d'un roman. On voit les

Indiens de l'Amérique du Sud aller chercher des lianes dans les grandes forêts et s'enivrer au retour de boissons fermentées, pendant que le *maître du curare* broie les plantes, en fait cuire le jus et y mêle quelques gouttes de venin recueilli dans les vésicules des serpents les plus venimeux. Comme si ce n'était pas assez d'exciter notre attente par ce tableau pittoresque, l'écrivain nous annonce lui-même des vérités scientifiques qui ne seront pas « moins merveilleuses que les créations romanesques de notre imagination ». Quel va être le héros du drame ainsi préparé ? Celui de tous qui nous intéresse le plus, notre propre corps, le corps humain, non pas tel que nous le considérons dans son unité et dans sa beauté plastiques, mais décomposé par la science et ramené à la modestie de ses éléments primitifs. J'imagine que les nombreuses lectrices, peut-être même les lecteurs de la *Revue des Deux Mondes* ont eu quelque peine à se reconnaître dans cette collection d'infusoires à laquelle nous réduit M. Claude Bernard. On n'aime point à tomber si bas, après avoir été porté si haut dans la langue des poètes et dans les hyperboles des amoureux.

Si ces réflexions amènent un sourire sur nos lèvres, nous avons à peine le temps de nous moquer de nous-mêmes. Bientôt la tragédie nous ressaisit pour nous conduire jusqu'aux extrêmes limites de la pitié et de la terreur. Avant les expériences de M. Claude Bernard, on croyait que la mort causée par le curare n'était qu'un doux sommeil. Cette illusion qui consolait l'âme compatissante de Watterton est aujourd'hui dissipée. L'homme empoisonné conserve, hélas ! toute sa faculté de souffrir ; il n'a perdu que la force nécessaire pour exprimer sa douleur. « Dans ce corps sans mouvement, derrière cet œil terne et avec toutes les apparences de la mort, la sensibilité et l'intelligence persistent encore tout entières. Peut-on concevoir une souffrance plus horrible que celle d'une intelligence assistant ainsi à la soustraction successive de tous les organes qui, suivant l'expression de M. de Bonald, sont destinés à la servir et se trouvant en quelque sorte enfermée toute vive dans un cadavre? Dans tous les temps, les fictions poétiques qui ont voulu émouvoir notre pitié nous ont représenté des êtres sensibles enfermés dans des corps immobiles. Le supplice que l'imagination des poètes a inventé se trouve produit dans la nature par l'action du poison américain. Nous pouvons même ajouter que la fiction est restée ici au-dessous de la réalité. Quand le Tasse nous dépeint Clorinde incorporée vivante dans un majestueux cyprès, au moins lui a-t-il laissé des pleurs et des sanglots pour se plaindre et attendrir ceux qui la font souffrir en blessant sa sensible écorce. »

Celui qui a écrit cette page éloquente avait le sentiment le plus vif des beautés littéraires. Son élection à l'Académie française fut pour lui plus qu'un honneur et devint, dans cette vie si laborieuse, une source de joies pures, jusque-là presque ignorées. Il était fort assidu à nos réunions; il aimait à venir se reposer parmi nous des fatigues du laboratoire. Pendant ces discussions aimables où se croisent quelquefois tant d'idées délicates ou fortes, sa physionomie, ordinairement grave et un peu triste, s'éclairait d'un sourire plein de grâce. Nos séances publiques étaient des fêtes pour un esprit tel que le sien, ouvert à toutes les nobles impressions. On l'a vu, après un discours où il avait entendu exprimer quelques pensées patriotiques, les yeux humides, la voix entrecoupée par l'émotion, serrer la main d'un de nos confrères en le remerciant d'avoir réchauffé et rajeuni son cœur.

M. Claude Bernard n'était pas seulement un grand esprit; il avait toutes les qualités qui font les grandes âmes. Sa sincérité absolue et sa modestie donnaient du prix à ses moindres affirmations. Il ne se prononçait ni vite ni légèrement. Avec quelle déférence nous l'écoutions, lorsqu'un terme scientifique se présentait dans le travail du Dictionnaire! L'intonation même de sa voix indiquait, dès le début, une certaine défiance de soi et comme la crainte de paraître trop affirmatif. Mais aussi, quand il avait prononcé, comme nous étions rassurés sur une définition donnée par lui! Il apportait en toutes choses le même esprit de réserve et de discrétion. Conduit par ses travaux à la frontière de la philosophie, il eût pu être entraîné hors du domaine expérimental par le désir de prendre parti entre les grandes écoles qui se disputent le monde moderne; il eût obtenu ainsi avec les applaudissements des uns, avec les malédictions des autres, le surcroît de renommée qu'apporte au talent l'ardeur des controverses philosophiques ou religieuses. Il s'y refusa toujours, non par prudence, mais par loyauté. Il ne se croyait pas autorisé à tirer de ses belles recherches des conclusions trop étendues; il indiquait lui-même le point précis où s'arrêtaient ses connaissances certaines, comme pour ne point permettre à sa pensée d'en dépasser les limites. « La science, disait-il, s'arrête aux causes pro-

chaines des phénomènes ; la recherche des causes premières n'est pas de son domaine. De cause en cause, le
savant arrive finalement, suivant l'expression de Bacon, à
une *cause sourde* qui n'entend plus nos questions et ne
répond plus. » Il planait cependant au-dessus des faits
isolés. Sa belle intelligence s'élevait jusqu'aux plus puis-
santes généralisations. Il atteignait le premier le principe
même de la physiologie, lorsqu'il démontrait par une série
d'expériences qu'aucun phénomène de la vie ne peut se
produire en dehors des conditions physico-chimiques.
Personne de notre temps n'a cru plus que lui à la fixité
des lois de la nature, à l'impossibilité de découvrir dans
l'ordre harmonieux de l'univers une seule apparence
d'exception, qui ne pût être expliquée par l'insuffisance
de nos moyens d'investigation ou par l'infirmité de nos
organes.

Ce portrait de notre confrère serait infidèle si nous n'a-
joutions que sa bonté égalait son génie. Doux envers chacun, il a laissé à ses élèves, comme à nous, le plus cher
souvenir. Sur sa tombe, le plus autorisé de ses disciples (1),
son successeur dans cette chaire de la Sorbonne qui a été
créée pour lui et qu'il a illustrée par son enseignement,
prononçait des paroles que je vous demande la permission
de répéter comme le plus touchant des adieux que nous
puissions lui adresser : « Bienveillant et sympathique à
tous, il fut, pour ceux qu'il appelait à son lit de mort sa
famille scientifique, le plus affectueux et le plus dévoué
des maîtres. Jamais, parmi les incidents quotidiens du labo-

(1) M. Paul Bert.

ratoire, un mot impatient; jamais un mot amer parmi
tant de douleurs physiques et morales si courageusement
supportées; jamais un reproche à ceux dont la reconnaissance s'est éteinte trop tôt! Jusqu'au dernier jour,
aux dernières paroles, en face de cette mort inattendue,
affection, conseils, sourires; il nous remerciait de nos
soins, nous qui lui devions au centuple! Vous travaillerez,
disait-il, et il parlait de cette science qui fut sa vie. »

Vous méritiez, Monsieur, de comprendre la beauté de la
vie que vous venez de retracer avec tant d'éloquence.
Comme M. Claude Bernard, vous vous êtes imposé la dou-
ble loi du travail et de la sincérité ; résolu à tout dire, vous
avez voulu commencer par tout savoir. L'histoire des langues sémitiques qui vous ouvrit, à trente-trois ans, les
portes de l'Académie des Inscriptions et Belles-Lettres, at-
teste un immense labeur, la ténacité et la patience d'un
héritier des Bénédictins. Lorsque vous changiez la direction de votre vie, lorsque vous passiez de la foi qui accepte
sans hésiter les solutions théologiques à l'esprit de libre
examen qui compare et qui juge, vous n'abandonniez point
pour cela les études religieuses ; au milieu de ce grand
ébranlement de votre conscience, le désir de bien comprendre et de faire connaître à vos contemporains les
origines du christianisme demeurait le noble souci de
votre pensée. Mais comment se rendre compte de l'état
social d'où est sorti le christianisme, sans posséder la
langue des Hébreux, sans étudier le génie de la race sémi-
tique?

De là ces beaux travaux d'érudition qui eussent suffi à
la gloire d'un autre, mais qui ne pouvaient vous satisfaire,

qui n'étaient pour vous qu'une préparation à des recherches plus hautes. De bonne heure, vous traciez le plan de
l'histoire religieuse que vous vous proposiez d'entrepren-
dre ; vous avez eu la fortune, méritée par votre courage, de
conduire jusqu'au bout cette périlleuse entreprise. C'est
l'œuvre capitale de votre vie ; je tromperais l'attente de
l'Académie si j'en parlais avec trop de réserve. L'excès de
précaution ne serait digne ni de vous ni de la Compagnie
qui s'honore de vous avoir élu. Vous me pardonnerez d'a-
border un si grand sujet avec une franchise égale à la vôtre.

Dès vos premières pages, vous annoncez le dessein de
ramener aux proportions d'évènements humains l'apparition du Christ dans le monde, sa vie, sa prédication, sa
mort. Vous écartez le miracle, vous supprimez le surnatu-
rel. Mais vous le faites sans ironie, dans un esprit très-dif-
férent de celui de Voltaire, avec un sentiment religieux si
réel qu'après avoir retiré au fondateur du christianisme sa
qualité divine, vous la lui rendez presque aussitôt. Vous reconnaissez qu'il y eut quelques mois, une année peut-être,
où Dieu habita sur la terre. Je ne triompherai pas contre
vous de cette apparente contradiction. J'y trouve seulement la preuve que la raison toute nue ne suffit pas à votre
sensibilité et que votre âme, altérée d'idéal, a d'autres besoins que votre esprit. L'incrédulité railleuse des philosophes du dernier siècle ne connaissait guère ces attendris-
sements poétiques par lesquels vous vous rattachez encore
à la foi de votre enfance, au moment même où vous l'aban-
donnez. C'est là votre originalité : si le christianisme dog-
matique vous perd, le christianisme idéal vous conserve.
Vous ne parlez jamais qu'avec respect, avec amour, de la

divine morale de l'Évangile. Vous ne résistez pas à l'attrait d'un culte simple, dégagé de toute forme extérieure, uniquement fondé sur la pureté du cœur et sur la fraternité humaine.

Oui, vous avez raison de le dire, le christianisme a créé la doctrine de la liberté des âmes ; il leur offre un refuge assuré contre les abus de la force, contre les iniquités et les maux de la vie. Les martyrs se sentaient libres, dans les prisons, sur les bûchers, sous la hache du bourreau, sous la dent des bêtes féroces ; leurs âmes, affranchies des liens terrestres, s'envolaient sur les ailes de l'espérance vers le royaume de Dieu. Aujourd'hui encore, partout où il y a une souffrance et une foi, la douleur paraît moins amère : dans l'élan des supplications adressées au ciel, la pensée se détache des maux présents et conquiert la félicité de l'avenir. A tant d'êtres qui souffrent et qui pleurent, que la misère étreint ou qui survivent à leurs plus chères affections, que reste-t-il pour les consoler de la vie ? L'espoir d'un monde meilleur, la confiance dans la miséricorde, dans la bonté divines. Les malheureux ont besoin de croire ; ne touchons jamais d'une main téméraire à ce trésor du pauvre, à cette suprême consolation des malades et des affligés. Nous leur devons le respect de leurs croyances, comme une partie du respect auquel a droit le malheur, auquel a droit la pauvreté.

Quels furent les premiers disciples de Jésus ? Les choisit-il, comme l'eût fait un philosophe grec, parmi les plus instruits et les plus éclairés de ses compatriotes ? Il s'adressa tout d'abord aux ignorants, aux simples, aux pauvres, aux déshérités. Le caractère dominant de la religion nouvelle fut de relever ce que le monde abaissait, de promettre le royaume de Dieu, non aux savants, ni aux puissants, ni aux riches, mais aux cœurs purs et naïfs, aux âmes épurées par la souffrance. La société idéale dont l'Évangile annonce l'avènement au-delà des limites de la terre sera le contre-pied des sociétés humaines. Les premiers rangs et les meilleures chances de félicité y appartiendront aux petits et aux humbles ; ce sera un titre d'être pauvre et d'avoir souffert, un danger d'avoir été riche et heureux. Jamais les illusions et les préjugés qui règnent parmi les hommes ne furent moins ménagés, jamais on ne montra mieux la vanité des biens que le monde estime, le néant de la gloire, de la richesse, de la prospérité, du bonheur. Aussi la foule suivait-elle les pas du divin Maître en s'enivrant de sa parole, tandis que l'aristocratie de la Judée, les prêtres, les docteurs, les pharisiens le condamnaient à mort. On le punissait, non d'avoir ameuté le peuple contre les pouvoirs établis qu'il respecta toujours, mais de ne laisser debout aucune des conventions, aucun des mensonges par lesquels les hommes trompent et dominent leurs semblables. Aux yeux de ses adversaires, Jésus commettait un crime plus grand que s'il avait aspiré au gouvernement ; il apprenait aux victimes des inégalités sociales à s'affranchir de la domination d'un maître ou d'une caste par la liberté de la prière et de la foi. Comment les puissants de la terre lui eussent-ils pardonné? Il avait beau ne pas conspirer contre eux ; il leur enlevait leurs sujets pour les transporter hors de leurs atteintes dans le royaume de son Père. Il leur laissait les corps, mais il leur avait pris les âmes et il ne les rendait plus.

Vous avez voulu, Monsieur, par un scrupule qui vous honore, visiter le coin de terre privilégié où s'accomplit la transformation morale du monde. Vous en rapportez des paysages exquis, d'une grâce sobre et sévère, dont les couleurs discrètes se fondent en général dans la trame de votre récit. Vous cédez quelquefois à l'entraînement de votre imagination ; il vous arrive çà et là de décrire sans but, en véritable artiste, pour le seul plaisir de décrire ; mais d'ordinaire la description n'est à vos yeux qu'un élément durable, une partie vivante encore de l'histoire du passé. Si vous peignez la ravissante nature de la Galilée en l'opposant à la sombre tristesse des environs de Jérusalem, c'est pour nous faire comprendre par des images matérielles le contraste de la douceur de l'Évangile et de la dureté de l'Ancien Testament. La loi d'amour qui allait régénérer l'univers devait sortir, non des âpres rochers de la Judée, mais de l'aimable pays où la campagne se couvre de fleurs pendant les mois de mars et d'avril ; où les animaux semblent encore aimer l'homme et se laissent approcher par le voyageur ; où les eaux jaillissantes, les pommiers, les noyers, les grenadiers entouraient d'un cadre de fraîcheur et de verdure la délicieuse pastorale du christianisme naissant. Là tout ce que l'homme n'a pu détruire respire encore l'abandon, la douceur, la tendresse, comme au temps où le divin Maître, au milieu des vertes collines et des claires fontaines, parmi les troupes d'enfants et de femmes, annonçait le salut et la gloire d'Israël.

Les disciples de Jésus continuèrent, après sa mort, la tradition de la loi d'amour : ils s'aimèrent véritablement les uns les autres ; ils aimèrent Dieu par-dessus tout. Vous

tracez un portrait charmant de cette société primitive, si
pure et si pieuse, où chacun croyait sentir passer sur sa
tête le souffle du bien-aimé, où les langues se déliaient
pour répandre la parole de vie, où le don des larmes rendait éloquents et persuasifs ceux mêmes qui ne savaient
point parler. Alors commença le règne de la vertu chrétienne par excellence, le règne de la charité ; des institu-
tions, que le monde païen ne connaissait pas, associèrent
dans un commun effort, pour le soulagement des pauvres
et des malades, l'esprit d'ordre de l'homme et l'actif dévouement de la femme. Celle-ci n'eut plus à disputer sa
place au sein d'une société dure ou indifférente ; le christianisme offrit aux veuves privées des joies de l'amour humain, aux vierges dédaignées ou trop pures pour le ma-
riage, la consolation infinie de se rendre utiles encore en
consacrant leur vie à l'adoucissement des misères humaines. Temps heureux où la sécheresse du droit romain
était tempérée pour la première fois par le sentiment de la
fraternité, où l'homme découvrait que la famille temporelle
ne lui suffit pas toujours, qu'il lui faut quelquefois des
frères et des sœurs en dehors de la chair !

La puissante figure de saint Paul revit sous votre plume
avec ses traits caractéristiques, sans que vous cédiez toutefois à la tentation, commune aujourd'hui, d'exagérer son
importance et de lui attribuer une part prépondérante dans
la fondation du christianisme. Vous laissez chacun à sa
place. Le génie de l'homme qui ne connut pas le Christ,
qui ne goûta point l'ambroisie de sa prédication, ne peut
se comparer à la simplicité des Apôtres, héritiers directs,
disciples inspirés de la parole évangélique. C'est assez pour

la gloire de saint Paul d'avoir porté la bonne nouvelle à travers le monde païen et commencé cette conversion des Gentils qui devait s'étendre aussi loin que la domination romaine.

Les conquêtes faites par la force marquaient d'avance la carte des conquêtes morales du christianisme. La première géographie chrétienne fut celle même de l'Empire. La nouvelle religion, favorisée dans son premier essor par l'unité du monde romain, se plaçait ainsi dès le début en dehors et au-dessus des questions de nationalité, de race, de patrie : elle franchissait les frontières qui séparent les peuples, pour se présenter comme la religion de l'humanité.

On aime à vous suivre, Monsieur, dans les pays où l'ardent Apôtre vous entraîne sur ses pas ; vous savez recomposer la physionomie des sociétés évanouies, retrouver sous la poussière du passé les éléments de sympathie ou d'opposition que rencontrait le premier missionnaire du christianisme. Ici reparaît Athènes, terre de la beauté, où la plus noble des races réalisa l'Idéal : Athènes, patrie de l'art, de la science, de la philosophie, de la politique ; plus loin Corinthe, riche et brillante, cité cosmopolite, ouverte au commerce et au plaisir ; plus corrompue, mais aussi moins subtile et plus capable de se laisser toucher par la parole divine ; puis la vaste Antioche avec le fourmillement de ses cinq cent mille âmes, avec le contraste de ses débauches asiatiques et de sa civilisation grecque, de la magnificence de ses beaux quartiers et de la misère sordide de ses classes populaires ; Éphèse enfin, dont la population mêlée, sans racines locales, sans préjugés de naissance ou

de race, semblait toute préparée à subir sans résistance le
charme victorieux de la prédication chrétienne.

Vous faites revivre ces vieilles cités, vous nous reportez
vers ces âges disparus avec une telle puissance d'imagination qu'on croirait lire le récit d'un témoin oculaire, d'un
compagnon des voyages de saint Paul. Vous l'avouerai-je
cependant ? A l'admiration très-vive qu'inspire votre talent se mêle un peu d'inquiétude. On est plutôt séduit
par la grâce de votre style que convaincu par la force de
de votre exposition. La poésie coule chez vous d'une
source si naturelle et si abondante, que la richesse du poète
peut faire douter quelquefois de la prudence de l'historien.
On se demande dans quels mémoires inédits, dans quels
documents connus de vous seul, vous puisez tant de détails
jusqu'ici inaperçus.

Avant vous, on a beaucoup écrit sur saint Paul ; personne cependant n'avait été admis dans son intimité au
même degré que vous. Un critique éminent (1) prétend que
vous l'avez vu ; il le faut bien, puisque vous nous le pré-
sentez le premier comme un laid petit Juif, puisque vous
nous le décrivez des pieds à la tête : « Il était, dites-vous,
de courte taille, épais et voûté. Ses fortes épaules por-
taient bizarrement une tête petite et chauve. Sa face blême
était comme envahie par une barbe épaisse, un nez aquilin,
des yeux perçants, des sourcils noirs qui se rejoignaient
sur le front. » On ne vous accusera pas du moins de flatter
vos héros. Sans vous, la plus grande partie partie du genre
humain n'aurait jamais mis en doute la beauté physique

---

(1) M. Edmond Scherer, *Études sur la littérature contemporaine.*

de l'apôtre des gentils. Vous nous donnez aussi des renseignements nouveaux, mais cette fois plus agréables, sur la personne de saint Luc.

Nous savions seulement qu'il était médecin. Nous apprenons par vous qu'il avait reçu une éducation juive et hellénique assez soignée, que son esprit doux et conciliant, son caractère modeste faisaient de lui l'idéal du disciple, qu'il aimait les officiers romains, surtout les centurions, et qu'il composa probablement les cantiques de son Évangile. Voilà bien des nouveautés en même temps. L'art charmant de la divination, qui vous fait pénétrer si profondément dans les délicatesses de la conscience, dans les replis de la pensée humaine, ne vous entraîne-t-il pas cette fois, malgré vous, hors des limites de la réalité?

Dans une autre circonstance, vous essayez généreusement de réhabiliter l'impératrice Faustine, femme de Marc-Aurèle, fort maltraitée par les historiens. Quelques-uns de vos arguments sont inattendus. Vous avouerez qu'on n'a guère l'habitude d'invoquer, en faveur de la fidélité d'une femme, la confiance qu'elle inspire à son mari. Il est de règle au contraire, dans la vie et au théâtre, — les auteurs dramatiques, nos confrères, vous le diraient mieux que moi, — que les maris trompés soient toujours aveugles et qu'ils ne sachent jamais ce que tout le monde sait sur leur compte. En lisant votre ingénieuse et savante dissertation en l'honneur de l'impératrice Faustine, je ne pouvais m'empêcher de me rappeler ce mot piquant et juste d'une marquise du dernier siècle dont le mari se portait garant de la vertu d'une femme attaquée devant lui :

« Comment faites-vous, Monsieur, pour être si sûr de ces choses-là ? »

Si vous laissez pénétrer, plus qu'il ne le faudrait peut-être, la poésie dans l'histoire, avons-nous le droit de vous en faire un reproche? Ne sommes-nous pas tous un peu vos complices? En même temps que s'est développé depuis un demi-siècle le goût des recherches exactes, le besoin des informations précises, ne poursuivons-nous pas dans les ouvrages historiques une autre source d'émotion que le plaisir de la vérité découverte? La place qu'ont prise dans nos souvenirs des exemples admirés, l'influence qu'exercent encore de loin l'imagination hardie de Chateaubriand, la pénétration historique de Walter Scott, la séduction de la manière et du style de Michelet nous laissent-elles la liberté d'esprit nécessaire pour séparer résolûment l'histoire du roman et le roman de l'histoire? Aurons-nous le courage de sacrifier au désir de n'être que vrais l'habitude de ces investigations poétiques qui, à travers beaucoup d'hypothèses et d'illusions, nous révèlent peut-être ce qu'il y a de plus difficile à découvrir dans le passé, les mobiles secrets, les ressorts mystérieux des actions humaines? Serons-nous plus près de la vérité définitive, lorsque nous l'aurons réduite aux seuls évènements incontestables, sans nous permettre aucune échappée dans le domaine de l'âme, aucune ouverture sur ce monde de la conscience qui appartient aussi à l'histoire, mais dont les agitations ne se vérifient pas comme une date ou comme un fait? Votre méthode, Monsieur, se défend par des raisons plausibles ; elle est encore mieux défendue par votre rare talent.

La nature des questions religieuses que vous traitez et la liberté de votre langage devaient vous exposer à de vives attaques. Vous ne vous en êtes point ému ; vous avez compris quels sentiments respectables poussaient les personnes pieuses à défendre contre vous avec énergie, quelquefois même avec passion, des doctrines chères et sacrées. Beaucoup de vos adversaires ont charge d'âmes ; ils ne parlent pas seulement pour eux-mêmes ; ils veillent par devoir au repos des consciences commises à leur garde. L'élévation morale avec laquelle vous jugez cette situation témoigne de la sérénité de votre esprit. Vous ne répondez pas à la polémique par la polémique, à l'invective par l'invective ; vous reconnaissez et vous respectez, chez la plupart de ceux qui vous combattent, la pureté des motifs qui les inspirent. Ce n'est pas de la colère que vous éprouvez à leur égard ; c'est plutôt de la sympathie, comme l'attestent les paroles suivantes qui paraîtraient plus généreuses, s'il ne s'y mêlait quelque nuance de dédain : « J'ai, dites-vous, un goût assez vif des choses de la foi, pour qu'il m'ait été donné d'apprécier doucement ce qu'il y a eu parfois de touchant dans le sentiment qui inspirait mes contradicteurs. Souvent en voyant tant de naïveté, une si pieuse assurance, une colère partant si franchement de si belles et bonnes âmes, j'ai dit, comme Jean Huss, à la vue d'une vieille femme qui venait apporter un fagot à son bûcher : *O sancta simplicitas !* »

Vous tenez en même temps à rassurer les orthodoxies sur les conséquences possibles de vos recherches religieuses. Vous vous défendez de toute velléité d'attaque contre les cultes établis, de toute idée de prosélytisme, de toute tentation de former des disciples. Vous ne voulez être qu'un penseur solitaire, vous ne proposez que des opinions théoriques sans faire aucun effort pour attirer à vous des adhérents. Vous laissez même entrevoir que si quelqu'un s'avisait de penser comme vous, vous seriez tenté d'abandonner vos propres idées : il vous en coûterait moins de les modifier que de les voir appliquées et profanées par des esprits vulgaires. « Gardons-nous de rien fonder, dites-vous quelque part : restons dans nos églises respectives ; profitons de leur culte séculaire et de leurs traditions de vertu, participant à leurs bonnes œuvres, et jouissant de la poésie de leur passé. Ne repoussons que leur intolérance ; pardonnons même à cette intolérance, car elle est, comme l'égoïsme, une des nécessités de la nature humaine. Jouissons de la liberté des fils de Dieu ; mais prenons garde d'être complices de la diminution de vertu qui menacerait nos sociétés, si le christianisme venait à s'affaiblir. Que serions-nous sans lui ? Qui remplacera ces grandes écoles de sérieux et de respect, telles que Saint-Sulpice, ce ministère de dévouement des filles de la Charité ? Comment n'être pas effrayé de la sécheresse de cœur et de la petitesse qui envahissent le monde ? Notre dissidence avec les personnes qui croient aux religions positives est, après tout, uniquement scientifique : par le cœur, nous sommes avec elles ; nous n'avons qu'un ennemi, et c'est aussi le leur, je veux dire le matérialisme vulgaire, la bassesse de l'homme intéressé. »

Vous connaissez trop bien, Monsieur, la nature du différend qui vous sépare de l'Église pour espérer que ce traité de paix, en apparence si séduisant, puisse être accepté

par elle. Des chrétiens isolés pourront le signer, sans
inquiétude pour leur foi, mais à titre purement personnel,
en n'engageant qu'eux-mêmes. C'est ainsi qu'un confrère aimé et respecté, dont nous portons encore le deuil,
vous a prêté, au sein de l'Académie, l'autorité de sa parole. Sa piété aussi large que sincère, sans oublier ce qui
vous divisait, s'attachait surtout aux sentiments religieux
qui vous étaient communs. Lorsque nous l'entendions
exposer vos titres avec la vivacité d'un esprit qui reste
jeune, avec l'émotion la plus pénétrante, nous ne pensions
pas qu'il serait enlevé à notre affection, au moment même
où vous venez prendre parmi nous une place qu'il eût été
si heureux de vous voir occuper. La mort hélas! nous
réservait une autre douleur en frappant après M. de Sacy,
un confrère qui paraissait plein de force, dont le talent
n'avait jamais été plus libre, l'activité d'esprit plus
féconde.

Les études religieuses forment assurément la partie la
plus considérable et la plus importante de votre œuvre;
elles n'ont pas suffi toutefois à l'activité de votre esprit.
Votre libre curiosité se porte sans efforts sur les sujets les
plus divers pour y répandre la vie, la grâce, la lumière. Je
ne parle ici ni de vos *Dialogues philosophiques* ni du drame
de *Caliban,* fantaisies brillantes d'un homme d'esprit, qui
vous ont valu de connaître les sévérités des philosophes et
les défiances des politiques, après avoir connu les rigueurs
des théologiens. Mais, dans tout le reste, comme on s'entend volontiers avec un esprit tel que le vôtre, libéral,
élevé, tolérant! Comme on subit le charme de votre langue
si pure, si souple et si pleine! Au sortir des angoisses que

causent toujours aux esprits sérieux les controverses religieuses, quelle joie de respirer en paix, loin de la région
des orages, et de ne goûter en votre compagnie que des
plaisirs sans mélange !

Je vous félicite tout d'abord de la disposition qui vous
porte à aborder toutes les questions par leurs plus grands
côtés. Deux sentiments qui dominent votre critique la
maintiennent sur les hauteurs. Le premier, d'origine toute
chrétienne, c'est votre respect pour les plus humbles mani-
festations de la beauté morale. La moindre vertu qui fleu-
rit dans un coin écarté du monde, le rayon de charité et
de dévouement qui éclaire une âme simple, le besoin
d'idéal qui se fait jour, sous la forme la plus naïve, chez
des êtres sans culture et sans grâce, ont plus de prix à vos
yeux que les recherches les plus savantes et les raffine-
ments de la civilisation. Vous ne suivez pas seulement dans
l'histoire les traces brillantes ou glorieuses ; vous aimez à
retrouver le sillon sur lequel se sont penchés les travailleurs
obscurs ; vous faites sortir de la poussière où ils dorment
les martyrs inconnus ; vous accorderiez volontiers le prix
de la vie aux héros ignorés, à ceux qui ont aimé, prié, lutté,
souffert pour quelque noble cause, sans que leur nom ait
traversé les siècles. Partout où vous découvrez une belle
âme, un cœur pur, une nature aimante et poétique, vous lui
offrez la couronne que le monde ne décerne d'ordinaire qu'au
génie et à la gloire. Qu'on ne s'y trompe pas néanmoins ! Si
les doux et les humbles vous attirent, vous ne leur sacrifiez
pourtant aucun des droits de la pensée. Au sentiment très-
vif de ce que vaut la vertu, vous joignez le sentiment non
moins vif de ce que pèse la haute culture intellectuelle dans

la balance des destinées humaines. Je vous remercie, Monsieur, d'avoir rappelé tout à l'heure avec tant d'élévation ce que l'esprit humain doit à notre patrie. Souvenons-nous-en, non pour nous abuser sur nos défaites, mais pour les réparer, comme nos pères ont réparé les leurs. Les victoires de la pensée sont les seules qui défient le temps et qui ne connaissent point les retours de la fortune.

Vous paraissez effrayé, non sans raison, du développement des appétits et des besoins matériels, qui se manifestent dans la société moderne. Mais vous indiquez le remède au moment même où vous signalez le mal. Si la richesse privée et publique s'accroît, si l'aisance se généralise, nous ne pouvons nous en plaindre : c'est un bien réel pour des milliers de nos semblables d'être mieux vêtus, mieux logés, mieux nourris que ne l'étaient leurs pères. Il est vrai que cet accroissement graduel de la fortune, le goût du bien-être et la soif de jouissances qu'il développe risquent de détendre et d'amollir les caractères en déshabituant l'homme de savoir souffrir, en retirant de la société l'aiguillon salutaire du sacrifice et des privations. Vous nous proposez de résister à cette cause possible de décadence morale par la ligue des cœurs purs et des esprits élevés. Tout ce qui entretient l'homme d'un devoir supérieur à l'intérêt, d'une vie idéale, dont la vie matérielle n'est qu'une obscure image, tout ce qui l'arrache aux soucis et aux besoins de la terre pour lui ouvrir les perspectives de l'infini, tout ce qui attire son attention vers les grands problèmes de l'art, de la philosophie, de la science, contribue à l'affranchir de la domination de la matière. Il résistera d'autant mieux aux entraînements que sa vie individuelle, la vie de son âme et de son esprit sera plus intense, qu'il connaîtra mieux et qu'il goûtera davantage d'autres plaisirs que les plaisirs des sens. Si la société pouvait exister telle que vous la concevez, elle renfermerait une si grande part d'idéal que la réalité ne pèserait sur personne d'un poids trop lourd.

En analysant vos projets de réforme sociale, on comprend mieux que jamais quel besoin impérieux de votre nature vous a poussé vers les spéculations religieuses. Vous y cherchez l'oubli de la vulgarité de l'existence, la joie paisible et profonde que procurent les communications avec l'infini, la continuation d'un rêve enchanté, l'espérance de contempler et de posséder enfin les vérités invisibles. Vous êtes absolument sincère lorsque vous vous considérez comme un des esprits les plus religieux de votre temps. Mais les orthodoxies ne peuvent ni vous comprendre, ni vous croire ; tandis que pour vous, le sentiment tout seul constitue une religion, les croyants n'accordent ce nom auguste qu'à un corps de doctrines, à un ensemble de dogmes, aux cérémonies et aux pratiques d'un culte déterminé. Le spiritualisme mystique et poétique ne leur suffit pas ; il leur faut un symbole et une foi. Il y a là entre eux et vous un perpétuel sujet de malentendu.

Je m'étais promis de ne plus parler de vos études religieuses et voici que vous m'y ramenez en quelque sorte malgré moi, tant cette grande et habituelle préoccupation de votre esprit s'impose naturellement à ceux qui vous lisent. Vous portez dans la littérature votre disposition à

n'estimer que ce qui est très-simple ou tout à fait supérieur. Vous sentez tout le prix de la poésie d'Homère; la
beauté des dialogues de Platon vous remplit d'enthousiasme. Mais au-dessous des œuvres du génie, vous ne vous
arrêtez guère dans les régions moyennes des littératures
classiques; vous aimez mieux descendre jusqu'aux origines populaires, jusqu'aux sources naïves et primitives de
la poésie, de l'histoire, de l'éloquence. Quelques pages re-
trouvées d'une vieille chronique du moyen âge, un frag-
ment inédit d'une chanson de gestes ou d'un roman de la
Table ronde, les effusions inconnues d'un mystique du
XIIIe siècle vous intéressent plus que l'*Art poétique*
de Boileau ou la doctrine savante de Port-Royal. Ici
encore vous penchez du côté des humbles dont le cœur
seul a parlé, — non que vous commettiez la faute de
comparer ce qui ne se compare pas, non que vous mécon-
naissiez les délicatesses des civilisations exquises, — mais
vous pensez qu'elles se défendent toutes seules contre l'oubli du monde, qu'elles n'ont pas besoin d'avocat et qu'on
ne diminue rien de ce qu'on leur doit en s'imposant une
tâche moins recherchée, en recueillant avec un pieux
respect les titres ignorés de la noblesse humaine. Quand
il s'agit de révélations qui peuvent nous éclairer sur la marche de l'esprit humain, vous n'attachez aucune importance
au mérite de la forme; vous ne demandez aux vieux textes
que d'exprimer des sentiments sincères ou de répondre à des
états de l'âme significatifs. Mais les œuvres modernes n'ont
aucun droit à la même indulgence. Vous retrouvez pour
les juger les justes sévérités d'une critique élégante et
fine. Votre autorité dans les questions de style est incon-

testable; vous en parlez en maître. Peu de personnes ont réfléchi autant que vous sur les difficultés de l'art d'écrire; nul n'en possède mieux les secrets. Les écrivains châtiés et purs de notre temps ont toutes vos préférences. Vous savez un gré infini à Augustin Thierry de se contenter difficilement, de poursuivre avec un soin jaloux l'expression la plus exacte de la pensée et de ne poser la plume qu'après avoir trouvé les mots définitifs.

« La pensée n'est complète, dites vous à ce propos, que quand elle est arrivée à une forme irréprochable, même sous le rapport de l'harmonie, et il n'y a pas d'exagération à dire qu'une phrase mal agencée correspond toujours à une pensée inexacte. La langue française est arrivée sous ce rapport à un tel degré de perfection qu'on peut la prendre comme une sorte de diapason dont la moindre dissonance indique une faute de jugement ou de goût. On ne comprendra jamais l'artifice infini que M. Thierry mettait dans sa composition; ce qu'il dépensait de temps et de labeurs pour fondre les tons, pondérer les parties, construire un ensemble harmonieux avec des matériaux barbares. Le soin du style était poussé chez lui à un degré incomparable. Cette humble partie du travail littéraire qui consiste surtout à éteindre et à effacer, partie si peu comprise des personnes inexpérimentées, qui ne peuvent se figurer ce qu'il en coûte à l'art pour se cacher, était celle qu'il affectionnait le plus. Il dictait quinze à vingt lignes par jour et ne les fixait qu'après les avoir amenées au dernier degré de perfection, dont il était capable. » N'est-ce point l'histoire de vos propres scrupules que vous nous racontez sous le nom d'un autre? Vous aussi,

Monsieur, malgré votre admirable facilité, quoique le souffle puissant d'une imagination toujours jeune soutienne la richesse et l'ampleur de votre style, vous connaissez les tourments de l'écrivain. Vous savez qu'il n'y a qu'une manière de bien dire ce qu'on pense. Qui de nous ne la cherche quelquefois avec angoisse, au milieu des tiraillements de sa conscience littéraire, jusqu'à ce qu'il croie l'avoir rencontrée?

La beauté de la forme exerce sur vous une telle séduction, qu'il y a des jours où vous semblez presque y sacrifier la valeur de la pensée. J'étais un peu inquiet, tout à l'heure, en vous entendant dire que la vérité d'une doctrine se mesure au talent de celui qui la professe. Le vrai n'aurait-il pas une existence indépendante de ses interprètes? Suffirait-il qu'un grand écrivain prît parti contre les vérités que nous croyons éternelles, pour les transformer en erreurs? Tout serait-il vanité, comme vous venez de nous le faire entendre, excepté l'art de traduire en un beau langage les fantaisies de l'imagination et le don de conquérir la gloire? J'en appelle, contre cette opinion, aux nombreux passages de vos œuvres, où vous revendiquez les droits de la conscience humaine, la liberté pour l'homme de bien de n'accepter aucun sophisme qui le détourne du devoir, la beauté de la vertu tentée par le prestige du génie et sachant lui résister au nom d'un principe supérieur. Aussi bien, Monsieur, puisqu'il ne vous déplaît pas de vous contredire quelquefois, permettez-nous de choisir, entre vos deux manières de voir, celle qui nous paraît la meilleure, vous nous pardonnerez d'autant mieux de nous y tenir que vous y reviendrez peut-être

vous-même ; votre charmant et fécond esprit ne nous a
pas encore dit son dernier mot.

Je ne puis oublier, Monsieur, parmi tous vos titres un de
ceux qui vous recommandaient particulièrement aux suffrages de l'Académie. Dans un temps où l'on n'était pas toujours juste à notre égard, vous avez parlé de notre Compagnie en termes si bienveillants que nous ne pourrions
accepter tous vos éloges, si nous avions le droit d'être
modestes pour nos prédécesseurs et si votre présence ne
nous aidait aujourd'hui à les mériter. Vous avez pu le
dire avec raison, tout a changé en France depuis deux
cent cinquante ans, excepté l'Académie. Au milieu de tant
de ruines, elle seule reste debout; mais, si elle a résisté,
c'est qu'elle n'a jamais attaché sa fortune à celle d'une
institution, d'un ordre ou d'une classe de la société; elle
tire sa force de sa liberté. Dès son origine, elle a été com-
posée libéralement d'écrivains et de gentilshommes; si
elle n'avait compté que des écrivains, elle serait devenue
bientôt une coterie littéraire, sans liens avec le monde
élégant, étrangère à la politesse et à l'esprit des salons;
les rivalités des auteurs l'auraient désunie ou le pédan-
tisme l'aurait étouffée; si elle n'avait compté que des gentilshommes, elle aurait péri par la frivolité avant d'être
emportée par la Révolution. Les éléments divers qui la
composaient l'ont maintenue dans une région supérieure
où se rencontraient, avec de mutuels égards, sur un pied
de courtoise égalité, la fleur de l'aristocratie lettrée, les
hommes de goût, les politiques, les savants, les grands
poètes et les grands prosateurs. Comme l'Académie repré-
sentait ainsi tout ce qui honore la France, à des titres

divers, elle n'a jamais été complètement vaincue dans nos
discordes civiles. Il s'est toujours trouvé des vainqueurs
parmi ses membres.

Elle a même été souvent au pouvoir; si elle sait comment on s'y élève, vous venez de voir avec quelle dignité
elle sait en descendre. Le vétéran des batailles parlemen-
taires, le puissant orateur, qui récemment encore, après
tant d'autres de nos confrères, présidait le conseil des
ministres, a été suivi dans sa retraite volontaire par le
respect, par la reconnaissance de la nation.

On pourrait soutenir avec vous qu'aucune des personnes
qui ont appartenu à notre Compagnie dans le passé ne
lui a été inutile, pas même celles qui ne laissent après
elles aucune œuvre. Les gens d'esprit et de bon ton qui
continuaient parmi nous la tradition de la politesse, qui
servaient de trait d'union entre les écrivains et les gens du
monde, n'avaient pas besoin d'écrire pour être utiles;
leur présence seule avait son prix. Sans doute, leur influence et leur autorité sont mortes avec eux; mais combien de livres aussi sont morts, quoique composés par des
académiciens! Vous nous attribuez le mérite d'avoir rem-
pli, à toutes les époques, la tâche qui nous était confiée.
Vous dites que nous avons créé, au XVIIᵉ siècle, la noblesse
de la langue, et, au XVIIIᵉ siècle, la philosophie. Aujour-
d'hui encore vous définissez notre devoir en nous engageant à maintenir la délicatesse de l'esprit français. Nous
avons pris pour cela, Monsieur, le meilleur moyen : c'est
de vous appeler parmi nous. Vous êtes un maître dans l'art
délicat de fixer en termes choisis, mais qui n'ont rien de
recherché et qui semblent couler de source. les nuances

les plus fugitives de la pensée ; vous nous aiderez à montrer que notre langue peut exprimer les idées les plus modernes en restant fidèle à ses traditions les plus anciennes. Vos qualités littéraires sont celles mêmes qui justifient la durée de l'Académie : comme elle, vous êtes de votre temps ; comme elle aussi, vous gardez la fleur et le parfum du passé.

Paris. — Typographie de Firmin-Didot et Cⁱᵉ Imprimeurs de l'Institut, rue Jacob, 56. — 7677.